Über den Autor

Ali Mahan, geboren 1949 in Nadjaf/Irak, wo er auch aufgewachsen ist und seine Schulzeit bis zum Abitur verbracht hat. Seine Eltern waren Iraker iranischer Abstammung. Sein Vater war Besitzer eines kleinen Restaurants in Nadjaf und wurde mit seinen Kindern zu Beginn des iranisch-irakischen Krieges in die Heimat seiner Vorfahren, den Iran, deportiert. Seit 1970 hält sich der Autor in der BRD auf. Er studierte in Köln Mineralogie und promovierte Ende 1984 in Chemie. Von 1980 bis 1984 assistierte er an einem Lehrstuhl für Chemie in Köln, wobei er auch einige wissenschaftliche Arbeiten veröffentlichte. Seit 1985 arbeitete er als Lehrbeauftragter an der Fachhochschule München und lehrte anorganische und physikalische Chemie. Anschließend arbeitete er als Chemiker in der Industrieforschung. Seit den neunziger Jahren ist er schriftstellerisch tätig.

Weitere Buchveröffentlichungen:
Zwischen zwei Welten - Autobiographische Schriften eines Irakers
Euch klagt die Seele des Rindes - Aus dem mythologischen und religiösen Geist Altirans
Webseite: www.poesie-ostwest.de

Ali Mahan

Aus dem Dschungel des Alltags

Kurzgeschichten mit ernstem und heiterem Hintergrund

Impressum

Copyright: © 2017 Ali Mahan
Herstellung und Verlag: © 2017 BoD -
Books on Demand, Norderstedt

ISBN   978-3-7448-2108-7

Printed in Germany

Inhalt:

Franz der Fabrikarbeiter

<Wir erfüllen die traurige Pflicht, bekannt zu geben, dass am O7.O3.74 Herr Franz Kotulinski verschied>

Ein Zettel mit dieser dürftigen Nachricht war seit geraumer Zeit am schwarzen Brett in dem Gebäudeeingang einer Chemiefabrik, da, wo ich, „der Erzähler dieser Kurzgeschichte", als Werkstudent zum zweiten Mal tätig war, ausgehängt, von der auch einige wenige vorbeigehende Arbeiter Notiz nahmen. Ich aber verweilte einige Sekunden lang davor und las sie gründlich. Dann ließ ich den Blick entlang der Silhouette des Fabrikgebäudes schweifen und erinnerte mich an die Zeit als ich zum ersten Mal hier war. Damals gingen fast doppelt so viele Arbeiter wie heute durch dieses Tor.

Es stimmt nicht ganz. Es ist keine Geschichte. Ich hätte gern mehr über Franz Kotulinski gewusst. Für mich ist jeder Verlauf eines Lebens eine interessante Geschichte. Es gibt Abermilliarden von Geschichten. Dies ist eigentlich eine Sichtweise von mir über jemanden, den ich flüchtig kannte und dachte, dass er so wäre. Wenn ich mit jemandem, mit einem Freund zum Beispiel rede, der gerade vor mir steht, so rede ich nicht mit ihm an sich, sondern ich rede mit dem Bild, das ich von ihm in mir trage und dabei vermute, dass er so ist wie dieses Bild. Diese Bilder, die in uns sind und die ständigen Veränderungen unterliegen, lassen sich mit einem Pinsel malen, der abhängig ist nicht nur von den Personen selbst oder Objekten sondern auch von unseren Gefühlen, von unseren früheren Erlebnissen, von unseren unterschiedlichen Maßstäben und von vielen anderen Faktoren.

Ich erinnerte mich an damals als ich zum ersten Mal in dieser Fabrik meinen Job angefangen habe:

Der von mürrischen Gesichtern früh aufstehender Arbeiter fast überfüllte Schienenbus fuhr ratternd durch bereifte Wintergerstenfelder und an einigen abgeschriebenen Bauernhöfen vorbei. Er kam aus einer großen Stadt und hielt in jeder kleinen Ortschaft an. Im zweiten, dem letzten Waggon saß auf zwei Sitzen vor mir ein Mann, der am Herbstanfang seines Lebens war. Er saß dort in Photopose und hielt die Arbeitstasche auf dem Schoß fest, in der sich vermutlich ein Romanheft mit Kreuzworträtseln, ein paar Schnapsfläschchen und sauber in Alufolie gewickelte, mit Schinken und Blutwurst belegte Brotschnitten befanden. Abrupt und reflexartig gab einer der Insassen eine Garbe von Niesattacken von sich ab. Die Räder des Bahnbusses kreischten kurz bevor er an der Endstation hielt.

Der unscheinbare Mann, den ich vom Werk her kannte, ließ die Menge erst aussteigen, hob dabei seine Hand und wischte in einem Strich über das Fensterglas, das von Reif beschlagen war, um die genauere Zeit an der Bahnhofsuhr zu sehen. Es war Freitag. Die Uhr zeigte auf viertel vor Sieben.

In seinem Äußeren ragte er nicht wesentlich aus der Menge hervor und seine Erscheinung machte keinen besonderen Eindruck: Ein fahles Gesicht, ausdruckslos, ein leicht kantiger breiter Schädel mit aschblondem, spärlichem, fettigem Haar mit kurzem Einheitsschnitt, saß auf dem in einen rauen Wintermantel eingezwängten gedunsenen Körper. Von der linken Geheimratsecke aus führte ein gelichteter Scheitel bis zu einer brillenglasgroßen Hinterkopfglatze. Zwischen den kurzen Nackenhaaren blühten zwei erbsengroße Furunkel. Schuppen waren von seinem Kopf auf die Schultern gefallen.

Ich verließ den Waggon als letzter. Er stieg vor mir aus, ging wie die meisten seiner Kollegen aus dem Bahnhof und stampfte vorsichtig und etwas breitbeinig den halbkilometerlangen glitschigen Pfad entlang, der zu einer alten grauen und rissigen Mauer führte. Nachdem er verlassene und verrostete Eisenbahnschienen übersprungen hatte, nahm er aus seiner Arbeitstasche ein

Schnapsfläschchen, trank es aus und warf es in eine Mülltonne, dann beschleunigte er seine Schritte und lief mit vorgebeugtem Körper zielstrebig dem Fabrikeingang zu. Den Weg, den er seit fast fünfundzwanzig Jahren jeden Arbeitstag zwei Mal zurücklegte, auf dem er jeden Stein und jedes Grashälmchen kannte, hatte er dieses Mal mit mehr Mühe überwunden. Sein abgeschwächter Gang und das schnelle Herzklopfen gaben ihm zu spüren, dass er nicht mehr so jung und stark war wie früher. Von weitem sah ich, wie immer schneller kleine Dampfwölkchen aus seiner Nase stießen.

Am Eingangstor grüßte er wie gewöhnlich mit einem Kopfnicken den Pförtner und ging hinein, wo eine schwere Arbeit auf ihn wartete. Er ging zur Umkleidekabine und kam mit einem blauen Kittel heraus, nahm seine alltägliche Arbeitsverpflichtung auf und verrichtete sie auch korrekt, sorgsam und mit übermäßigem Fleiß. Ich arbeitete in der Lagerhalle ihm gegenüber und konnte ihn gut sehen, wie er an einer Maschine arbeitete, die hochgiftige, übelriechende Farben zusammenmischte. Die Arbeit war schweißtreibend und unangenehm. In dem Raum, wo er mit noch zwei Deutschen, einem Türken und einem Jugoslawen arbeitete, stank es bestialisch nach Lösungsmitteln. Arbeiter, Fässer und Boden waren von verschiedenen Lackfarben und ihren Mischungen beschmiert.

Ich musste damals die frisch eingepackten Produkte etikettieren, sortiert lagern und hätte seine Arbeitsstelle nie mit meiner tauschen oder in seiner Haut stecken wollen. Er war ein seltsamer und einsamer Mensch, der seinen Pflichten gewissenhaft nachkam und sich gegenüber seinen Vorgesetzten vorbildlich benahm. Seinem Verhalten nach schien er ein ernster, ehrlicher, treuer und pflichtbewusster aber auch humorloser, phantasiearmer Mensch zu sein, der einen Verdacht gegen alles, was fremd ist hatte und daher eine Antipathie, die nach und nach zur Aversion anwuchs. Er war in Dresden geboren. In seiner Kindheit hatte er von seiner verwitweten Stiefmutter keine Liebe und weder Zuwendung noch Geborgenheit bekommen. Im Zweiten Weltkrieg hatte er als treuer Soldat gedient. Sein Leben hatte er fast ausschließlich in Heimen, Kasernen und in dieser Fabrik verbracht, wie mir ein Kollege von ihm damals erzählte. Bei den Frauen hatte er kein Glück gehabt, ihnen gegenüber verhielt er sich sehr scheu und uncharmant und fühlte sich zu dieser freien modernen Welt nicht zugehörig, weil vieles nicht mehr seiner Vorstellung entsprach.

"He, Du da! Nix da lassen! Du verstehen?" rief er aus dem Lager mir zu, und wie einen Faustschlag ins Gesicht spürte ich seinen Schrei.

"Was ist das für ein Deutsch?" gab ich ihm laut zur Antwort.

Ratlos runzelte er die Stirn und sagte: "Was!"

"Schon gut, ich trage sie zurück", sagte ich und meinte damit die etikettierten Kisten.

"Noch ein Kümmeltürke", murmelte er vor sich hin.

"Nein, ich bin kein Türke, sondern ein Perser. Aber warum diese Vorurteile? Sind Sie etwa intelligenter als ein Türke oder was bilden Sie sich ein? Das was Sie tun, tut auch ein Türke, ihr Arbeitskollege. Nur weil er in Deutschland und nicht in seiner Heimat arbeitet, ist er ein Kümmel-Mensch", sagte ich etwas empört.

"Entschuldige bitte, Mustafa."

"Ich heiße nicht `Mustafa´, verdammt noch mal", erwiderte ich verärgert.

"Na ja, ihr heißt alle so, oder?"

"Also wirklich", sagte ich verbittert.

"Dann ist es ja gut", sagte er in aller Gelassenheit.

"Hören Sie bitte auf mit ihren Vorurteilen", bat ich ihn etwas beruhigt und fügte hinzu: "Ich heiße `Firuz´. Und ich studiere Chemie!"

"Ich bin der Franz und du darfst mich duzen", stellte er sich mir vor und fragte mich "Seit wann bist du bei uns, Firuz?"

"Ja, das gleiche gilt für dich", gab ich ihm mein Einverständnis und antwortete: "Ich arbeite eigentlich seit vorgestern hier."

„Schön", sagte er und seine Pflicht zwang ihn für weitere Arbeitsstunden zu schweigen.

Der Geschäftsführer, ein hochwürdiger imposanter Mann, begleitet von seinen gut gekleideten Paladinen, schritt an uns vorbei ohne von dem überfreundlichen Gruß von Franz Notiz zu nehmen.

"Der da vorbeiging ist nämlich Herr Knecht, der Geschäftsführer mit den Betriebsleitern", flüsterte er mir leise ins Ohr.

"Ich weiß."

"Woher weißt du es?" fragte er mich.

"Seit gestern von einem Landsmann, der hier tätig ist", sagte ich.

„So, so! Es ist jetzt Pause. Hier, nimm!" Er griff nach einer Bierflasche und wollte sie mir reichen.

"Nein, danke, ich trinke kein Bier", lehnte ich ab.

"Ach so, Du bist Mohammedaner! Du trinkst keinen Alkohol und isst kein Schweinefleisch, das hätte ich eigentlich wissen müssen."

"Na ja, ich bin kein Mohammedaner, sondern Moslem", überraschte ich ihn.

"Aber wieso denn? Sag mal, wo ist denn da der Unterschied? Das ist doch das gleiche, oder!" fragte er und wollte dabei gern besser informiert sein. Sein Anblick zeugte von höchstem Interesse zuzuhören. "Eben nicht! Mohammed war ein Mensch wie wir und der Islam ist eine göttliche Religion, die von ihm proklamiert und verbreitet wurde", erklärte ich ihm.

"Es ist ja hoch interessant", warf er erstaunt ein und fragte in seiner polternden Art: "Warum esst ihr kein Schweinefleisch?"

"Würdest du Affenfleisch essen, wenn deine Religion es absolut verbietet, oder Rattenfleisch?" sagte ich ihm.

"Was weißt du, was ich alles schon gegessen habe, im Zweiten Weltkrieg. Auch Ratten, mein lieber. Auch Ratten. Damals war jeder glücklich, der eine Ratte gefangen hatte. Würdest du nicht dasselbe tun, wenn du in so eine Not kämest?"

"Schon möglich. Aber wir haben im Moment keinen Krieg. Warum sollte ich Schweinefleisch essen? Schweinefleisch ist ein unreines, minderwertiges Fleisch und bringt viele Krankheiten, besonders in den heißen Ländern. Früher haben es eure Adligen den Armen oder ihren Hunden zum Fraß vorgeworfen", versuchte ich ihm zu begründen.

"Und Alkohol? Ist der etwa auch unrein?" wollte er gern wissen.

"Weißt du Franz, wenn einer nachts total betrunken nach Hause kommt, kann er nicht mehr unterscheiden zwischen seiner Frau und seiner Tochter. Das kann er am nächsten Morgen, erst wenn er nüchtern wird, eben deshalb. Alkohol ist bei uns nicht unrein, sondern bloß ein Reinigungsmittel. Alles wurde bei uns gut geheißen, was diente, die Moral aufrechtzuerhalten", sagte ich.

"Es könnte sein, dass du recht hast", gestand er halbherzig und bestätigte: "Ich gebe es zu, es klingt vernünftig und überzeugend. Aber mir bekommt er einfach."

"Das kann ich mir denken. Es ist eine Sache, die auch mit der Erziehung zu tun hat. Ich kenne einige junge Atheisten von muslimischen Eltern, die trotzdem keinen Alkohol trinken, und Schweinfleisch ekelt sie an", sagte ich.

"Vielleicht!" schloss er achselzuckend. Er hielt die Flasche nach wie vor in der Hand und ging seinen Proviant vom Umkleideraum holen. Dann gingen wir in die Kantine und unterhielten uns dort weiter.

„Glaubst du an Gott oder an ein Leben nach dem Tod?" fragte ich ihn neugierig. Er zögerte und sagte plötzlich lakonisch:

„Ach Unsinn!" und schien darüber nicht reden zu wollen.

Dann drängte ich ihn deutlicher zu werden:

„Wieso Unsinn!"

Er inspizierte mein Gesicht gründlich und sagte: „Wer so viele Grausamkeiten, so viel Elend und so viele Tote gesehen hat wie ich, dem wird ein Geheimnis verraten, nämlich: der Mensch ist nicht wofür er sich hält. Sein wahrer Wert gleicht dem Wert einer toten Fliege. Milliarden und Abermilliarden von Fliegen werden tagtäglich geboren und sterben. Im Zustand der Anarchie erkennt man erst das wahre Gesicht des Menschen. Ein kalter Schauer überläuft mich, wenn ich daran denke, wozu in aller Welt Menschen fähig sind. Glaube mir Firuz, in jedem Menschen wohnt eine blutige Bestie, gleichgültig ob er gottesfürchtig ist oder nicht."

Er sprach wie ein erfahrener Mann und überzeugte mich.

Dieser Tag war der Beginn einer guten Bekanntschaft. An den danach folgenden Tagen, in den Pausen, gesellte ich mich fast ausschließlich zu Franz. Er hat mir auch viel von sich erzählt, vor allem von den schweren Zeiten im Zweiten Weltkrieg. Ich hörte auch gespannt zu. Einmal sagte er, dass in ihm die Wut koche und er wäre lieber in dieser Welt nicht geboren. Aber er konnte mir nicht erklären gegen was er eine Wut hatte und warum er sich auflehnte. Er schien mir unglücklich und unzufrieden mit sich selbst zu sein, ein Rebell gegen sich selbst, gegen sein Sein.

Das neue Studiensemester fing wieder an und meine Arbeit als Werkstudent in der Chemiefabrik war dann beendet. Ich konnte mich in Franz Kotulinski gut hinein fühlen und ihn bestens verstehen. Er hat mir leid getan und ich sah in ihm ein armes einsames Geschöpf. Dann vergingen mehrere Monate, ja sogar mehrere Jahre, und ich stürzte mich in mein Studium und vergaß ihn.

An einem Wintertag, nachmittags, nach einer schweren Prüfung beschloss ich, auswärts zu essen, um mich zu belohnen für die Strapazen der Prüfungsvorbereitungen, und ich wollte mir eine teure Mahlzeit genehmigen.

Ich sah mich in einer gutbürgerlichen Gaststätte mit Gabel und Messer den Rumpf einer halben

Gans mühsam zerkleinern. Es kam mir vor, als machte ich mich an das Wrack eines abgestürzten Flugzeugs. Die Gaststätte war ziemlich gefüllt. Mir gegenüber, mit dem Kopf in meiner Ellbogenhöhe hockte ganz in sich zusammengesunken ein zierlicher, sehr alter, buckliger Mann und aß ein Hirschragout. Er senkte seinen kaum beharrten Kopf nah an den Teller. Aus dem runden Rahmen seiner Brille schielten seine geronnenen Augen auf mich. Sein kleines Gesicht war von Tränensäcken und Gramfalten gezeichnet, und es mutete einen an, als ob die Säure des Lebens seine Haut wie die einer Schildkröte gemacht und in sie Furchen gegraben hätte. Er aß sehr langsam und schmatzte ein bisschen dabei. An einem benachbarten Tisch unterhielten sich zwei über die Verdrängung der einheimischen Gaststätten durch Fastfood-Ketten und Pizzerien und wohin das Ganze führen sollte. Ein Dritter verfolgte das Gespräch mit geneigtem Ohr und offenem Munde, schlug ab und zu die Beine abwechselnd mehrmals übereinander, um von sich Zeichen zu geben, sich ins Gespräch einzumischen. Es gelang ihm aber nicht, weil das zufällige Auftreten seines Freundes ihn ablenkte. Einer der beiden Gesprächspartner hatte eine verschleierte, angenehme Stimme und redete manchmal schmatzend und schlürfend. Mir diagonal gegenüber in der Ecke saß einer allein und vor ihm stand eine Bierflasche. Nur seine untere Gesichtshälfte war von der tief hängenden Lampe beleuchtet. An seiner Geheimratsecke klebte ein Stück Pflaster. Mir fiel auf, dass er oft und länger als drei Sekunden seinen Blick auf mich richtete. Plötzlich kam er mir irgendwie bekannt vor und ich erkannte sofort Franz. Ich lächelte ihn an und winkte ihm zu. Er aber hatte mich schon längst erkannt. Da ich mit dem Essen bereits fertig war, bezahlte ich und ging zu ihm um ihn zu grüßen: "Hallo du bist doch der Franz!"

"Ja! Und du bist der...", versucht er sich an meinen Namen zu erinnern, rieb seine Stirn mit der Hand und sagte "Lass mich raten!"

Eine Denkpause folgte, und ich erinnerte ihn: "Ich bin Firuz der Student."

"Ja, ja, Firuz der Werkstudent" sagte er und es schien mir, dass er schon mehrere Glas Bier getrunken haben musste.

"Wie geht es dir Firuz?" fragte er.

"Mir geht es gut und wie geht es dir?" sagte ich.

"Na ja, es geht!" antwortete er mit einer Mine der Unzufriedenheit.

„Hast du dich verletzt da!" sagte ich und deutete dabei mit einem Blick auf das Pflaster und bei näherem Ansehen entdeckte ich noch zwei Schrammen an seinem Hals.

„Das meinst du!" sagte er und zeigte auf das Pflaster.

Ich nickte bejahend mit dem Kopf und er fügte noch hinzu „Na ja, vorgestern Nacht als ich aus einer Kneipe raus ging und auf dem Weg nach Hause war, haben mich zwei Jugendliche überfallen. Die zwei Lümmel hatten es auf meine Geldbörse abgesehen. Ich wehrte mich tapfer und als ich laut `Hilfe!´ schrie, machten die beiden sich aus dem Staub."

„Ach du meine Güte, man ist heutzutage nirgendwo sicher", sagte ich.

„Ja, so ist es leider", sagte er und lenkte von dem unangenehmen Thema ab: „Warum arbeitest du nicht mehr bei uns in den Ferien? Bist du jetzt fertig mit dem Studium?" fragte er mich.

"Nein", sagte ich "Ich bin noch nicht fertig mit meinem Studium. Aber ich habe mich in den danach folgenden Ferien bei euch beworben, und sie haben mich nicht genommen. Dennoch werde ich irgendwann das Glück haben, mit dir arbeiten zu dürfen."

"Es gibt nicht mehr soviel Arbeit bei uns wie früher. Nach dir folgte eine Arbeiterent-lassungswelle. Ich gehörte glücklicherweise zu

den Arbeitern, die ihre Stellen behalten durften",
erzählte er mir mit einer berauschten Stimme.
"Aber ich lebe allein und bin einsam", fügte er
hinzu.

Als er mir das gesagt hatte, stimmte mich dies
traurig. Ich hatte Mitleid mit ihm. "Warum hei-
ratest du nicht?" fragte ich ihn.

"Na ja", sagte er "Es ist nicht einfach und ich bin
nicht mehr so jung, wie du siehst."

"Aber du bist ein gut aussehender Mann und du
findest bestimmt eine passende Frau", wollte ich
ihm etwas Mut und Hoffnung machen.

"Na ja, es ist nicht so einfach", sagte er. "Nicht so
einfach", betonte er zum Schluss.

Eine Weile dachte ich: `Wenn er bloß aufhört zu
trinken und sich etwas pflegt, würde er bestimmt
eine nette Frau in seinem Alter finden´.

Dann verabschiedete ich mich von ihm und ging
fort. Ich habe nicht mehr weiter an ihn gedacht.
Mein Interesse galt an diesem Tag einer
attraktiven Frau, die ich neulich kennengelernt
hatte und mit der ich mich unbedingt treffen
wollte.

Eines Tages, vermutlich eines Samstags war ich
in der Küche und spülte gerade das schmutzige
Geschirr von den Tagen davor, und ich setzte

mich auf einen Stuhl. Plötzlich öffnete jemand das Fenster seiner Wohnung auf der gegenüberliegenden Seite des Innenhofes, und ein Gesang drang nach außen. Dieser Jemand war ein Landsmann von mir, der neulich eingezogen war und den ich persönlich noch nicht kannte. Die zarte Stimme der Sängerin, die ich von der Heimat kannte und seit meinem Verlassen der Heimat nicht mehr gehört habe, rührte mich so sehr. Ihre Melodie erfasste mich anheimelnd. Ich fühlte eine Leere in der Brust, es kitzelte in den Atemwegen, Tränen wollten hervorquellen. Ich versuchte, mich zu beherrschen. Die Melodie rieselte langsam durch meinen Körper, ließ die feinen Adern an meiner Schläfe schneller pochen, und ich begann in meinem Stuhl zu schaukeln, und erst leise, dann inbrünstig laut mitzusingen. Dann richtete ich mich auf, machte einen Schritt in Richtung Wohnzimmer, und ging tanzend mit ausgebreiteten Armen voran. Ich sang und tanzte bis es mir fast schwindlig wurde. Dann wollte ich Pause machen, nahm ein Fachbuch, setzte mich auf das Sofa und blätterte weiter singend im Buch. Als die Melodie in mir verklang, wollte ich die Blumen gießen. Ich hörte gerade wie die Straßenbahn quietschend um die Kurve bog. Aus dem Wohnzimmerfenster, das unmittelbar auf einen belebten Platz herabblickte, sah ich im Lichtkegel der Straßenbeleuchtung, wie ein schlampig gekleideter pummeliger Mann mit verfilzten Haaren aus einer Spelunke mit einem Fußtritt in den Rücken hinausgestoßen wurde. Es war schon Abend. Der Betrunkene torkelte kopfüber und hinter ihm flog ein zerknitterter Hut. Er bückte sich, griff nach einer zerdrückten Dose und warf sie schimpfend auf die Kneipe. Weiter taumelte er indifferent mit ungeregelten Schritten in die leere Straßenmitte, mit ausgestrecktem Zeigefinger und von Schluckauf geschüttelt, sein abwesendes Volk lallend vor dem kommenden Weltuntergang warnend. Aus den wulstigen Lefzen drangen fast nur unverständliche Wortfragmente, die mit mehr Luft als Akustik beladen waren. Er hielt inne wegen eines unwiderstehlichen Brechreizes, schloss die Augen, beugte sich nieder zum Bürgersteig und erbrach sich. Ich schenkte dieser Straßenszene erst keine Beachtung, begoss die zwei Blumentöpfe auf dem Fensterbrett, drehte mich wieder um, nachdem ich die Fensterläden zugemacht hatte, und ging in meinem dürftig möblierten Zimmer herum, dann glotzte ich weiter auf den Bildschirm. Von der Ferne näherte sich das dröhnende Geratter eines Lasters, begleitet von heiserem Hupen. Der Laster musste dann wohl abrupt halten - ich hörte die Bremsen quietschen und das eiserne Gestell, auf dem der Fernsehapparat stand, rüttelte leicht und mit ihm klirrten leise die zwei aufgestellten Bilder meiner Eltern, die Blumentöpfe sowie die Blumenvase, der einzige

Zierrat in diesem Zimmer. Zuerst wollte ich mich aus dem Sessel hochreißen, in dem ich zusammengesunken kauerte, um zu sehen, was los war, aber ich blieb doch weiter sitzen, kratzte mich nachdenklich am Hinterkopf. Eine Weile verging und dann hörte man immer lauter die Sirenen der Polizeiwagen und dann folgte das Sirengeheul eines Ambulanzwagens. Ich beschloss doch nachzuschauen, was los ist, wie eine dunkle Ahnung es verlangte.

Meine Vermutung wurde bestätigt. Eine Schar von Gaffern hatte sich um den unbewegt daliegenden Körper des Betrunkenen gebildet.

Am Unfallort angekommen sprangen Arzt und Polizisten aus ihren Wagen und schoben die neugierigen Zuschauer beiseite, bis sich ein großer Kreis um das Geschehen bildete. Der Lastwagenfahrer hockte fassungslos da mit dem Gesicht zur Wand. Ich konnte diesen Anblick nicht mehr ertragen. Auf die Gedanken Tod und Sterben war ich fixiert, doch ich entschloss mich, die Treppe des alten Hauses hinunterzustürzen, um mich genauer zu informieren.

Mittlerweile erweckte das Geschehen die Neugier einiger Passanten, die gleich anhielten, sich dem Opfer zudrehten und die anderen zum Teil am Weitergehen hinderten. Eine Blutlache hatte sich schon um ihn gebildet. Durch seine Ausweich-manöver schien der Lastwagen auf einen dicken

Betonpflock aufgeprallt zu sein. Der Betonpflock wurde durch den heftigen Aufprall aus dem Boden gerissen, geknickt und wies starke Risse auf. Die Zahl der Gaffer war inzwischen um ein Vielfaches gewachsen und sie waren gefesselt von ihrer Neugier. Der Kreis wurde von den Polizisten noch mehr erweitert. Ein kleiner stupsnasiger Junge zwängte sein Kopf durch das Gedränge heraus, starrte den ausgestreckten Körper an und rief: „Er hat gezuckt. Er lebt noch." Die dicke Frau mit der Einkaufstüte in der Hand neben ihm: „Pst! Sei still" Der dürre Mann neben mir plapperte erstaunt vor sich hin: „Der Arme wird bestimmt sterben."

Der zitternde Lastwagenfahrer sprach verwirrt und mit ausgebreiteten Armen auf einen Polizisten ein, während der Arzt niedergebeugt den Verunglückten inspizierte, der unartikulierte Laute stammelte und in seinen letzten Lebensregungen zuckte. Aber der Bemitleidenswerte starb.

"Jedenfalls", sagte der Polizist zum Fahrer "Sie kommen mit uns aufs Revier und dort schildern sie ausführlich den ganzen Hergang des Unfalls, wenn Sie sich beruhigt haben."

Als einer der Sanitäter, der die Bahre auf den Boden legte, das blutverschmierte Gesicht des Toten drehte, erfasste mich eine starke Neugier, und ich glaubte, dass ich dieses Gesicht schon irgendwoher kannte. Ach so, jetzt wusste ich es: Ja sicher. Das war doch Franz, der Fabrikarbeiter, der damals die Farben zusammengemischt hatte.

Der bemitleidenswerte Franz erlag also den Folgen seines Suffs und das kam schneller als der Untergang, den er vorher seinem Volk prophezeit hatte. Ausgerechnet diesem armen Schlucker musste so etwas passieren. Es ergriff mich ein Mitleid und bald danach ein unsagbares Entsetzen.

So drehte ich mich mit einem letzten Blick zur Bahre um und kehrte sehr traurig in die Wohnung zurück. Ich konnte für den Rest des Tages an nichts anderes denken, als an ihn und beschloss, seiner Bestattung beizuwohnen und demgemäß erkundigte ich mich danach.

Einige Tage lag sein Leichnam nun schon im Sarg, und heute wollten seine Bekannten ihm die letzte Ehre erweisen.

`Es ist soweit´ sagte einer der Sargträger mit dem grauen Anzug zu seinen Kameraden. Sie packten den Sarg und trugen ihn in Schulterhöhe und die Angehörigen gingen im Geleit hinter ihnen her.

In der Aussegnungshalle setzte man den Sarg in der Mitte ab und eine traurige Musik von einem Tonband begann zu spielen. Dann erschien ein

Pfarrer mit einem schwarzen Talar, umgürtet mit einer rotvioletten Schärpe, hielt eine kurze Rede und las einen Psalm aus der Bibel. Vor ihm saßen die Trauernden in vier Reihen und hörten entspannt seiner Rede zu. Ich konnte einige von seinen Arbeitskollegen wiedererkennen. Manche saßen gebeugt, die Hand vor der Stirn oder den Kopf in den Händen. Zwischendurch hörte man ein Husten oder leises Schluchzen. Ich sah ihre Gesichter, die vielleicht traurige Mienen vortäuschten, vielleicht auch etwas verheimlichten. Die Ehrfurcht vor der Majestät des Todes zwang sie, bedächtig zu sein und sich schwarz zu kleiden. Gesichter von Menschen, die sich vermutlich zuflüsterten:

`Es traf ihn, Gott sei Dank nicht mich´.

Als dann die Rede zu Ende und die traurige Musik verklungen war, standen die Versammelten auf und gingen in einem Zug hinter dem von vier kräftigen Männern getragenen Sarg her.

Der Sarg ging erst an romanischen, vergitterten Fenstern vorbei, wo rechts und links amphorenförmige Blumentöpfe postiert waren, dann setzte sich der Trauerzug ins Freie durch den Friedhof weiter fort, bis zu einer ausgehobenen Grube, und schließlich wurde der Sarg vorsichtig und langsam in sie gesenkt. Und auch hier hielt der Pfarrer in einer gebeugten Haltung inbrünstig eine feierliche Ansprache. Er war groß und mager und spärlich behaart. Sein Anblick erinnerte an einen Raben, seine adrigen und langfingrigen Hände hielten das heilige Buch und blätterten zwischendurch darin. Durch seine runden Brillengläser schaute er gelegentlich aus dem Augenwinkel auf eine Stelle irgendwo in den Thujenhecken. Die blässliche Ader an seiner Schläfe trat beim Lesen stark hervor. Als er fertig war, warf er als erster eine Schaufel Erde ins Grab und sprengte Weihwasser mit einer Quaste, die in einem Behälter war. Die anderen folgten ihm einzeln nach, und sprachen der Frau, die vermutlich eine Halbschwester von Franz war, ihr herzliches Beileid aus und verabschiedeten sich. Nach und nach verließen Ehepaare untergehackt den Friedhof und die einzelnen zerstreuten sich stumm, und der Strom des Lebens nahm sie alle wieder auf.

Hätte Franz jetzt wieder die Möglichkeit zu reden, so würde er sagen: „Habe ich denn je gelebt!"

Nun ruht er unter der Erde und ein Drosselgesang möge seine ewige Ruhe begleiten.

München, Jan. 1998

Möge die Liebe nicht verschollen bleiben

Hildegard Freifrau von Schacky gewidmet

In den letzten Wochen hat Kathrin durch die täglich vielen zerknüllten Blätter in ihrem Papierkorb, und auch durch ihre Zerstreutheit und geistige Abwesenheit die Blicke ihres Vorgesetzten auf sich gelenkt.

`Sie wirkte normalerweise eher offen als schüchtern, beredsam als nüchtern und mehr engagiert als gleichgültig. Was könnte bei ihr diese Veränderungen hervorgerufen haben?´, fragte sich ihr Vorgesetzter.

Sie war eine junge deutsche Frau, immer adrett gekleidet, mittelgroß, herb, blond und von einer Schönheit, die unter dem Durchschnittlichen lag.

„Was halten Sie von einem einwöchigen Urlaub? Ich veranlasse ihn, dass er auf Kosten des Hauses geht", gab der Geschäftsführer ihr unvermittelt den Rat, ohne dass ihre Kolleginnen davon Notiz nahmen. Verwundert und verlegen schaute sie ihn an. Ihr Gesicht errötete etwas, denn sie erkannte sofort, dass er sie durchschaut hatte, dennoch fragte sie ihn: „Warum denn?"

Während sie redete, spielte sie mit den Perlen ihrer Halskette.

„Na ja, wie ich sehe brauchen Sie etwas Erholung und sie haben sie verdient", sagte er.

„Wenn Sie meinen!", zeigte sie sich einverstanden und beschloss eine Stadtreise nach Italien zu machen.

Im Labyrinth der engen Gassen Venedigs verirrte sie sich oft. Die vielen Menschen und die vielen verschlungenen Winkel verwirrten ihre Sinne. Gassen, die an Haustüren endeten. Ohne Stadtplan würde sie erst nach einigen Stunden in ihrem Hotel ankommen. Oft traf sie Touristen, die sich bei ihr nach der Piazza San Marco oder nach ihrem Hotel erkundigten. Viele orientierten sich nach Jemanden, der einen zielstrebigen und sicheren Gang hatte. Plötzlich sagte einer: „Stopp! Zurück! Hier führt kein Weg durch", und die Touristenschar schrie beschämt und aufmuckend und der, der sie die ganze Zeit hinter sich her schleppte, lächelte albern wie ein Sieger, der seinen Preis nicht verdient hat. Menschen strömten in den unzähligen Gassen, wie das Wasser in den tausend Kanälen. Stiege das Wasser, was sie dem schönen Venedig natürlich nicht wünschte, plötzlich zwei Meter, so würde mehr als eine halbe Million Menschen schreiend zwischen den Gassen im Wasser schwimmen, dachte sie. Auf manchen Stegen standen Gondoliere in ihrer schwarzweißen Tracht und riefen den Fremden aufmunternd zu, in ihre Boote einzusteigen. Aus den Trattorien und Pizzerien hörte sie das Klirren von Besteck und aus den Küchen strömte der Duft von gebratenen Meeresfrüchten ihr entgegen. Kleine elegante Kristall- und Maskengeschäfte, feine Butiken, Juweliere und Galerien reihten sich aneinander. Sie ging an einer rissigen Mauer vorbei, die von Kletterpflanzen überwuchert und von deren Putz kaum noch etwas übrig war, vorbei an alten, schön verzierten Fenstern und Türen mit völlig verrosteten Gittern, Türknäufen und Klopfern, die verschiedene Figuren darstellten. Unzählige gotische Fenster mit farbigem Glas blickten über Kanäle mit vertäuten Booten, auf Erker, die auf leprösen, dicken Holzbalken gebaut waren. Aus einigen Booten verkauften Venezianer Obst und Gemüse. Sie nahm diese Urlaubseindrücke gern in sich auf, und es kam ihr manchmal vor als träumte sie und dennoch spürte sie ein Vakuum in der Brust, eine Leere, die sie vorher nie kannte. Jedenfalls will sie diese Zeit hier in vollen Zügen genießen, fern von jeglichen Berufsstrapazen.

Mit dem Ellbogen an ein Geländer der Stazione di Santa Lucia angelehnt, betrachtete sie das Treiben im Canale Grande um sie herum. Gefüllte Passagierboote dröhnten an ihr vorbei und schlugen in der geriffelten Oberfläche des schmutzig-jadegrünen Wassers Wellen, die dann am Kai platschend und spritzend überschwappten oder die zwischen mit Algen bedeckten Holzmasten parkenden schwarz gestrichenen Gondeln zum Schwanken brachten. Aus einer der vorbeifahrenden Gondeln schallte plötzlich laut `E viva España´, Musik aus einem Akkordeon gespielt von einem rothaarigen Mann in mittlerem Alter. Die kleine Horde sang inbrünstig mit. Gesänge und Gelächter schossen himmelwärts. Motorisierte Karabiniereboote flitzten hin und her, gesteuert von stehenden Polizisten. Am Kai boten Afrikaner ihr und den Passanten aus allen Herrenländern ihre Lederwaren und Holzfiguren zum Verkauf an. Sie hockte vor einem von ihnen und feilschte um eine silberne filigrane Zigarettenspitze, die sie schließlich kaufte. Amerikanerinnen mit Rucksäcken und Japaner mit Photoapparaten, die für jede Situation knipsbereit waren, oder Inderinnen mit in allen Farben seidig schillernden Saris interessierten sich vor allem für Kristall in allen Formen und Farben, für Goldwaren und Karnevalsmasken.

Die Abendröte verschwand schleichend und der Himmel war mit zirpenden und im Zick Zack schnell fliegenden Mauerseglern übersät. Die gedeckten Tische von feinen Restaurants am Kanal füllten sich langsam mit vergnügungssüchtigen Gästen. Das Geraune aus den verschiedenen Cafes quoll aus allen Ecken und übertönte nach und nach das Gezirpe der Mauersegler. Da, wo der Mensch sich breit macht, dachte sie, muss das Tier immer weichen, Privileg des höheren Tieres. Sie ging zu ihrem Hotel und setzte sich vor ihre Balkontüre auf den Boden. Auf einer Dachterrasse, ihr gegenüber lehnte sich liebkosend ein junges verliebtes Paar an die Brüstung. Sie dachte dabei an ihre erste Liebe, an Sebastian. Sie hatte ihn vor einem halben Jahr in München kennen gelernt. Er war einen Monat lang ihr Freund, aber sie verlor dann seine Spur. Er hat ihr von einer neuen Stelle als Informatiker bei einer Software Firma in Rio de Janeiro erzählt, dann hörte sie von ihm nichts mehr. Jeden Tag hoffte sie, dass er ihr schreibt, dass er sie anruft, dass er bei ihr im Büro erscheint, aber vergeblich. Aus der Art, wie rücksichtsvoll auf ihre Gefühle, wie zärtlich und liebevoll er mit ihr umging, obwohl er ihr damals kein Liebesgeständnis gemacht hatte, war für sie unverkennbar, dass er sie von Herzen liebte, und es erfüllte die ganze Zeit ihre Phantasie. Sie hat zu keinem Menschen zuvor so eine tiefe Liebe empfunden wie zu diesem charmanten Jungen und noch nie in dieser kurzen Zeit so viel Achtung, Wärme und Geborgenheit bekommen wie von ihrem Sebastian.

Es war ihr, wie wenn sie von seiner netten Stimme ihren Namen rufen hörte. `Ach wie schön wenn er bei mir wäre! Wie schön wenn ich wüsste, wie seine letzte Adresse lautete´! Sie blinzelte in den fernen tiefen Horizont und sang leise ihr Gedicht, das sie vor kurzem verfasst hatte:

Zugvogel: Erzähl den Wolken, dass Wiesenrosen

meine Seele noch durstiger machten.

Gekrümmt vom Kummer sitze ich an der Schwelle.

Hartherzig ließ er mich vor Liebe schmachten.

O! du vorbeiziehender milder Wind:

Kannst du mir die Liebe meines Herzens grüßen.

Sag der, die mit dem charmanten Gang,

Wie lang ich noch an Liebesleiden büßen

Und im Irrsal leben muss? Wie lang?

Herumgetrieben bin ich mit wirrem Sinn

Und ich weiß nicht einmal, wo ich bin.

Sie holte sich aus ihrem Koffer einen Schreibblock und schrieb ihm mit Tränen in den Augen an seine alte Adresse, in der Hoffnung, der Brief komme an:

„Lieber Sebastian!

Erinnerst du dich noch an den Biergarten mit dem Maibaum und dem kleinen Kinderkarussell? Weißt du noch als wir uns zum ersten Mal begegneten? Jede neue Begegnung beginnt mit Misstrauen, außer der Begegnung der Liebe. Du nahmst mein Bierglas wie selbstverständlich in die Hand und führtest mich zu deinem Tisch unter der dickstämmigen Kastanie, fern von allen neugierigen Blicken, wo mehrere leere grüne Tische, Stühle und Bänke verstreut herum standen. Gar manches, so gerade dieser Moment kam mir vor, als wäre ich schon mal da gewesen, als würde ich es noch mal erleben oder sogar träumen.

Wir unterhielten uns über deinen letzten Urlaub in Madeira. Weißt du es noch? Danach gingen wir Hand in Hand entlang dem efeuumrankten Balustradengeländer, das den Rosengarten vom Teich trennte und aus einer Mauerfuge lugte uns eine Moonblume, die du mir pflücken wolltest und was dir doch nicht gelang, weil sie von einem Distelgebüsch geschützt war. Oder wir lagen auf einer Wiese zwischen den Margeritten und schauten über die geriffelte dunkelblaue

Wasseroberfläche und die milden Strahlen der Sonne kitzelten unsere Augenlider, wir öffneten sie halb und schlossen sie dann wieder. Wir saßen eine Weile schweigend, stützten uns nach hinten auf die Hände, spreizten die Beine. Dann legtest du deine Hand auf meine Hand und führtest mich in deine imaginäre Welt hinein. Ich war sehr gerührt und eine ekstatische Gefühlswelle hatte mich voll erfasst, riss mich aus meiner Realität und warf mich in den Schoß deiner Phantasie hinein. Ich träume heute nur noch von einem: dich wieder zu sehen und mich mit dir zu vereinen. Deine Kathrin ."

Nachdem sie den Brief fertig geschrieben hatte, ging sie ins Zimmer und überlegte ob sie ihn gleich schicken sollte oder doch morgen früh, warf ihn auf die kleine Kommode und legte sich nachdenklich ins Bett. In der Schwüle Venedigs wälzte sie sich unbehaglich und schlaflos im Bett hin und her, dann schlief sie dennoch ein.

Plötzlich sah sie sich in einem Bauernhof vor einem offenen Taubenschlag. Als sie sich ihm näherte, flogen erschreckt die Tauben aus ihm heraus und ihre Schar kreiste weit in den Himmel bis auf eine, die sich in der dunkelsten Ecke des Schlages verkrochen hatte. Sie griff nach ihr, holte sie heraus und blickte tief in ihre kleinen Augen. Tief aus den Augen der Taube schimmerte ein Zettel durch. Kathrin wollte ihn unbedingt entziffern. Es gelang ihr nicht, denn es waren keine normalen Buchstaben sondern Hieroglyphen. Dann warf sie die Taube zum Fliegen in die Luft. Aber sie fiel flatternd auf den Boden, denn einer ihrer Flügel war gebrochen, was Kathrin sehr leid tat. Sie lief zu ihr hin und griff nach ihr und hielt sie mit den beiden Händen vor sich. Plötzlich stellte sie fest, dass sie merkwürdigerweise gar nicht eine Taube in der Hand hatte, sondern einen Spiegel. Während sie sich im Spiegel am Betrachten war, erschien aus dem Dunkel eine schreckliche Gestalt, bei der sie den Taubenzüchter vermutete. Das war ihr Chef. „Ach Sie sind immer noch da!", wunderte er sich. „Fliegen Sie, fliegen Sie und nehmen Sie den Spiegel mit! Ich schenke ihn Ihnen!", sagte er und schaute in den dunkelgrauen Himmel.

Als Kathrin nach der Reise wieder im Arbeitsbüro erschien, sagte man ihr, dass ein junger Mann namens Sebastian nach ihr fragte und einen Zettel mit einer Adresse hinterließ. Sie konnte es kaum fassen und nahm ihn mit rasendem Herzklopfen und leicht zitternden Händen. Der Tag im Büro wollte diesmal nicht enden. Sie konnte sich keinen weiteren freien Tag mehr genehmigen lassen. Am Feierabend verabschiedete sie sich von ihren Arbeitskolleginnen und nahm ein Taxi. Bei der Adresse angekommen, sprang sie aus dem Taxi und entdeckte ihren Sebastian, wie er ihr aus einem Fenster zuwinkte. Um Verzeihung bittend und voller

Reue umarmte er sie an der Tür seiner neuen Wohnung. Er trug sie hinein, legte sie aufs Sofa und versuchte sie durch hundert Küsse und Liebkosungen wieder glücklich zu stimmen. Bis spät in die Nacht schütteten sie sich gegenseitig ihre verliebten Herzen aus und glücklich liefen die weiteren Jahre.

Man sah sie an manchen sommerlichen Sonntagen im Englischen Garten spazieren, umbimmelt von den kleinen Rädern ihrer zwei Kinder und umwuselt von ihrem Graudackel.

Ach, wie süß sind die Tränen der Freude des Sich Wiederfindens zweier Verliebter nach einer langen Trennung.

Im Reich der Lieder zirpt die Grille.

Sie will, dass der Gatte sie leicht ortet.

Zum Teich der Liebe will die Libelle,

Da wo eine Vermählung auf sie wartet.

Wenn ein Krokodil die Geliebte wittert, es zittert.

Wenn die Drossel liebt, sie trillert.

Über die Nektarblüte der Kolibri schwirrt,

flattert

und in allen Farbschattierungen schillert.

Wenn der Glühwurm liebt, glimmt er und

leuchtet.

Wenn der Mensch liebt, Minne-Gesänge
er

dichtet.

Und wer zu Licht werden will und zu Glut

vermag über den eigenen Schatten zu
springen.

Dass die Liebe euch allen Wunder tut,

Sie lässt Lahme springen und Stumme
singen.

Die Rose ist ein gewöhnliches Blatt, das
vor Liebe verrückt wurde.

München, Jan. 2007

Wir wohnen einander inne – ein Teil von ihm ist in mir

Eben setzte ich mich an meinen Schreibtisch und schrieb:

An einem sommerlichen Sonntag Morgen erschien bei mir ...

Dann zögerte ich. den Kugelschreiber zwischen den Fingern drehend, den Satz zu Ende zu formulieren. Ich war dabei nachzudenken, ob es sich überhaupt gehört, dass ein Schriftsteller sich selbst beschreiben sollte, wenn er in Ich-Form eine selbsterlebte Anekdote seinen Lesern servieren möchte. Ich bin eigentlich der Auffassung, dass der Leser ein Bild von der Person des Erzählers haben sollte. Stünde ich, der an dem oben genannten Morgen noch in meinem blauweißen, längsgestreiften, luftigen Schlafanzug war, vor einem Spiegel, so würde ich wahrscheinlich wie folgt mich beschreiben:

Ein mittelgroßer Mann, um die sechzig Jahre alt, orientalischen Aussehens. Der spärlich behaarte Kopf mit den links seitwärts gescheitelten und an den Schläfen etwas angegrauten schwarzen Haaren weist vorne zwei ziemlich deutliche Lichtungsschneisen auf, die man als Geheimratsecken bezeichnen würde. Die Form des Gesichtes, auf dem sich oft ein harmloses, wohlmeinendes, verschmitztes Schmunzeln je nach Stimmung zeigt, ist mehr rund als oval. In diesem Gesicht mit dem hellbraunen Teint, das trotz des fortgeschrittenen Alters nicht an Glätte eingebüßt hat, lassen sich die gut proportionierte Nase und die schmalen Lippen als feingeschnitten oder eher als nahezu scharfkonturig beschreiben. Eine ernste Nachdenklichkeit äußert sich dadurch, dass der Mund leicht schmollt und die Gesichtsform einer Schmuseschnute annimmt. Die spärlich bewimperten honigbraunen Augen blicken durch die eckigen Gläser der rahmenlosen Brille jedweder Pflicht mit Ernst und Eifer entgegen, und aus den oft ohne Grund zusammengekniffenen Augenbrauen lässt sich manchmal die Sorge um eine ständig bedrohte Existenz und die Kampfbereitschaft ums Überleben sofort ablesen. Vor allem dem geschulten Auge eines Menschenkenners entgeht so etwas nicht.

Nach diesem nachdenklichen Zögern setzte ich meine Erzählung fort:

...ein alter Freund, der mich von Zeit zu Zeit unangemeldet besuchte, wie ich das Gleiche bei ihm auch tat. Er hieß Hans, war Mitte sechzig, eher klein als mittelgroß, von gut proportioniertem zierlichem Körperbau und mit goldbrauner Cäsar-Frisur. Er kleidete sich häufig unauffällig alternativ, milchweißes Baumwoll-hemd, leicht zerknittert, ohne Kragen und nie komplett zugeknöpft, so dass ein Teil seiner Brusthaare rausschaute und die Ärmel bis zum Ellbogen salopp hochgekrempelt, mit einer ungebügelten kaffeebraunen Hose aus Leinen. Allein sein Aussehen verriet seine pazifistische und kosmopolitische Einstellung beziehungs-weise auch seinen Hang zu Esoterik. Hans war ein Schwärmer für die indischen Lebens-weisheiten und ein Verherrlicher ihrer Gurus. Er grüßte wie gewöhnlich und setzte sich auf einen Stuhl in der Küche, wo ich im Begriff war, mein Frühstück zuzubereiten. Er sah ausgeschlafen und ausgeruht aus und etwas von der Mor-genfrische hing noch auf seinem Gesicht.

„Du magst sicherlich auch Backwaren!", wollte ich den Kopf zum Herd zugewandt von ihm wissen, um ihm einige Gebäckstücke, die ich zuvor vom Bäcker geholt hatte, anzubieten. Ich drehte den Kopf zu ihm und sah, wie er die Stirn runzelte und seine träumerisch blickenden blaugrauen Augen erstaunt auf mich gerichtet hatte, und er sagte:

„Was ist das für eine Frage? Seit zwanzig Jahre kennen wir uns und du scheinst mich immer noch nicht genug zu begreifen. Ich frage mich manchmal, warum selbst zwischen uns, wo wir uns so lange kennen, noch Missverständnisse vorkommen können."

Erst wunderte ich mich über seine Aufgeregtheit, wo die Frage doch so harmlos war und nicht die geringste Beunruhigung auslösen sollte, allerdings erkannte ich sofort, dass er mich falsch verstanden hatte und ein Irrtum vorlag. Zuerst wollte ich ihm erläutern, warum ich ihn immer noch nicht genug kenne und er mich umgekehrt auch nicht. Ich zerwühlte etwas mein Haar, dachte kurz nach, beugte mich, zog die Brauen hoch und sagte:

„Schau mir richtig in die Augen rein! Was siehst du da?"

Er starrte mich verblüfft und mit zwischen Daumen und Zeigefinger festgehaltenem Kinn an und antwortete:

"Ich sehe ein winzig kleines Abbild von mir in deinen Augen."

Da sagte ich ihm:

„Eben deshalb gibt es Missverständnisse, denn wenn ich dir eine Frage stelle, so stelle ich sie in Wirklichkeit deinem kleinen Abbild, aber du antwortest.

Du sitzt jetzt vor mir und ich rede mit dir. Nein! Ich soll mich korrigieren und sagen:

Du sitzt jetzt vor mir und ich rede mit dem Bild deines Wesens, das ich in mir trage.

Und wenn jemand dir sagt: Ich mag dich.

So heißt es oft:

Ich mag mich in dir.

Je mehr ich dich zu verstehen versuche, und das durch scharfe Beobachtungsgabe von mir und ständige Dialoge mit dir, umso mehr erkenne ich dich. Also wird dein Abbild, das ich in mir trage, vervollständigt und kommt besser mit deinem wirklichen Wesen zur Deckung."

Seine Hand ließ das Kinn los, fiel auf den Tisch und mit dem Mittelfinger wischte er den kaum vorhandenen Staub weg, dann unterbrach er mich:

„Hätte ich dein Leben gelebt, so wäre ich du. Das meinst du!"

„Nicht ganz, denn der physiologische Aufbau eines Menschen nimmt auch Teil an der Prägung seiner Person und selbst eineiige Zwillinge, die das Gleiche erleben sind zwei verschiedene Individuen. Schließlich ist jedes Subjekt ein Unikat in der Schöpfung. Übrigens, ich wollte vorhin sagen, dass auch wenn ich, wie du meinst, dich sehr gut kenne, immer noch ein Rest Terra incognita deines Wesens verbleibt, das darauf wartet von mir entdeckt zu werden und auch solches, das du selbst vor mir gern zu verheimlichen beabsichtigst. Nach und nach

gewinne ich etwas Licht in deinem Seelen-
dickicht, denn, was du verheimlichen willst,
spiegelt sich an deinem Antlitz wider und wo
dein Auge hinfällt, verrät es etwas und in deinem
Versprechen sagt die Seele ab und zu, was sie
will." An dieser Stelle hielt ich für einigen
Sekunden inne, weil ich merkte, dass er etwas
sagen wollte, aber er senkte den Kopf, hob die
Augenbrauen und er staunte weiter, indes ich
meine Rede fortsetzte:

„Zum Beispiel kann ich manchmal an deinem
Gesicht ablesen, was ein Dritter, den ich auch gut
kenne, dir über mich vorher erzählte. Natürlich
setzt diese Menschenkenntnis und Fähigkeit,
sich in eine Person hineinzuversetzen, auch ein
gewisses Bildungsniveau und eine gewisse
Opferbereitschaft meines Egos voraus. Damit wir
uns besser verstehen, sollten wir uns gegenseitig
hineinfühlen beziehungsweise in den Anderen
hineinversetzen. Denn das Menschsein beginnt
mit dem Erfühlen der Schmerzen und dem
Empfinden der Freude des Anderen. Je mehr ein
Lebewesen mein Leben begleitet und es mit mir
teilt, umso mehr ich es kenne, um so mehr es ein
Teil von mir selbst wird, um so mehr schmerzt
mich sein Verlust, und sei es auch nur eine
Katze. Dieser Schmerz wäre sogar größer als
jener bei dem Verlust meines leiblichen Vaters,
den zu kennenzulernen ich kaum die Möglichkeit

hatte oder bei meinem leiblichen Baby, das kurz nach der Geburt sterben würde."

„Es ist vollkommen richtig, was du sagst", stimmte er mir zu, in dem er seine Tasse, die ich ihm gerade gereicht hatte mit noch ausgestreckter Hand festhielt. Und während ich ihm das Frühstück weiter servierte, fuhr ich fort:

„Und was man noch im Kauf nehmen muss ist, dass das Wesen eines Menschen ständigen Veränderungen unterliegt. Denn wer sich fünfzig Jahre ändert, ändert sich auch jede Sekunde. Folglich gibt es kein absolutes Ich."

Nachdem ich das Frühstück zu Ende serviert hatte und mich zu ihm hinsetzte, sah ich, wie die Schärfe seiner Gesichtszüge allmählich nachließ und ich fuhr fort:

„Nun, um zur Sache zu kommen, ich wollte von dir eigentlich wissen, ob du 'Backwaren' magst und nicht ob du 'Bhagwan' magst. Natürlich weiß ich, dass du den Guru liebst.

Wie du siehst, mein Lieber, war das Missverständnis ganz deinerseits. Da du ein Verehrer 'Bhagwans' bist und so oft an ihn denkst, wolltest du nur lieber seinen Namen gehört haben.

Also bitte, da haben wir es. Falschhören, Unwissenheit, Sprach- und Artikulationsschwierigkeiten sowie irgendwelche voreiligen Schlüsse über Jemanden ziehen, das sind Gründe, warum unter Menschen so oft Missverständnisse vorkommen können und Nährboden der Reue."

Hans stimmte mir kopfnickend zu und sagte:

„Schön, wenn jeder Sonntag mit so einem lehrreichen Frühschoppen anfinge, wäre die Welt glücklicher."

Dann zog er seinen Stuhl näher zum Esstisch, nahm eines der Croissants zur Hand, nagte an dessen Ecke, nachdem er sie mit etwas Butter bestrichen hatte und sagte schmunzelnd weiter-kauend:

Offen gestanden: Ich mag beide, denn das eine ist mein Geist- und das andere ist mein Leibgericht.

Wenn du Menschenkenntnis lehrst,

Habe erkannt dich selbst zuerst.

München, Aug. 2009

Vom Spiel der Augen

Man hat ihm oft gesagt: „Du schaust aus wie der französische Schauspieler und Frauenheld `Alain Delon´ in seinen besten Jahren". Dennoch ging er bescheiden und nicht eitel mit seinem schönen Aussehen um, allerdings wählerisch, was Frauen betraf. Er legte dabei genau so viel Wert auf Bildung und Charakter wie auf Schönheit und Attraktivität.

Ein Freund von ihm, der in Paris wohnte, hatte ihn gebeten, ihn in den Tagen zwischen Weihnachten und Silvester zu besuchen. Selbstverständlich und mit großer Freude nahm er die Einladung an.

Als es an dem Morgen der Reise so weit war, stieg er mit einem kleinen Reisekoffer in der Hand aus der Tram aus, durchschritt eilig den großräumigen schönen Frankfurter Hauptbahnhof, kaufte sich an einem Schalter eine Fahrkarte und stieg in den betreffenden Zug Richtung Paris ein. Im Zug drängte er sich durch all die Passagiere, ging an mehreren halbbesetzten Kabinen vorbei, suchte sich eine aus, trat ein, warf seinen kleinen Koffer auf das obere Fach und setzte sich dicht ans Fenster. Es saßen noch zwei andere Reisende in der Kabine. Der eine, ein blonder junger Mann, saß ihm schräg gegenüber. Er ruhte mit dem borstig haarigen Kopf auf seiner rechten Hand, die er auf die Lehne stemmte und seine Augenlider schienen auf Halbmast gedippt zu sein. Gelegentlich wachte er auf, vor allem später, als der Schaffner die Kabinentür öffnete und „Ihre Fahrkarte, bitte?" fragte. Der andere war ein alter Mann, der wie ein ausgedienter Pfarrer aussah, mit ovalem teigigem Gesicht, bei dem zwischen den etwas hängenden Wangen und den runden Augen eine kleine Hackennase hervortrat, eine Physiognomie, die in Klöstern häufig zu finden ist, und auf dessen Schoss noch eine Zeitung lag. Er hatte die Hände hinter dem Kopf verschränkt und starrte nachdenklich auf einen Koffer, der oben im Fach lag. Später verschwand er für eine Stunde, vermutlich zum Speisen im Speisewagen. Der Zug fuhr los und unser Double von Alain Delon ließ schnell seine Gedanken zu seiner letzten Freundin wandern, die ihn verlassen hatte, weil er nicht romantisch genug für sie war. Ach wie Schade: Er musste diesmal allein, ohne ihre Begleitung reisen. `Sie hatte völlig Recht´, dachte er als sie sagte: `Der Geschlechtsverkehr ist die hochzeitliche Vereinigung zweier Liebenden und die Krönung eines romantischen Flirts´. Ihm fiel es damals schwer ihr eingestehen zu müssen, dass er keine Rücksicht auf ihre Gefühle genommen hatte und auch nicht zärtlich und liebevoll genug mit ihr umgegangen war und jetzt sah er ein, dass er damals nur Sex von ihr gewollt hatte und dass ihr dies zu wenig gewesen war. Dieser edle Akt der Schöpfung, für den die Völker im Altertum Heiligtümer errichtet haben, dient naturgemäß einzig und allein dem Zweck der Fortpflanzung, soll eigentlich heilig bleiben, wird aber heutzutage leider nur als pures Mittel zum Genuss ausgeübt, zur Show gestellt und in den Basaren der Erotik billig angeboten, ja manchmal sogar billiger als ein Drink; jedoch im alten Japan trank man selbst Tee begleitet von einer Zeremonie. Unterdessen kam ein glattblondhaariger junger Mann in Jeans und ohne Koffer ins Abteil. Er trug einen schwarzen Mantel in der Hand, ein blaurot kariertes Hemd, die Ärmel ganz hoch gekrempelt und den Kragen empor geklappt und setzte sich ans Fenster, ihm direkt gegenüber. Der Junge blickte verwirrt um sich und als sich die Augen der beiden trafen, grinste er so seltsam. Jedenfalls verhielt er sich ziemlich unruhig, ging zwei oder drei Mal raus und rein und nach einer halben Stunde verschwand er für immer. Sein skurriles Verhalten ließ ein Katze und Maus Spiel mit dem Kontrollschaffner mutmaßen.

Der Zug machte dann in einigen Ortschaften kurz Halt, raste später an verlassenen Grenzposten vorbei und hatte in Brüssel einen zehnminütigen Zwischenaufenthalt. Leute stiegen ein und aus. Dann setzte sich der Zug langsam quietschend und kreischend weiter in Bewegung. Erst war ein reger Betrieb auf dem Gang, aber nach einer Weile wurde es still und man hörte nur noch das Gedröhne des Zuges und das Rauschen der Bäume und Gebüsche, wenn er an ihnen vorbeihuschte. Plötzlich erregte das Klappern von hohen Absätzen die Aufmerksamkeit unseres Helden. Eine Frau von guter Statur, attraktiv, Ende dreißig, ging voller Anmut den Gang im Zug entlang, machte an seiner Kabine kurz Halt und sah zuerst den nickenden jungen Mann an, der seinen blonden borstigen Kopf inzwischen auf seine Faust lehnte, die Augen gerade öffnete und einen kurzen Blick auf sie warf, dann den Alten, der seine Zeitung in die Hände nahm und zu lesen begann; dann sah sie ihn an, jedenfalls länger als die anderen zwei. Sie sah ihn mit dem Blick eines Malers, der sein Sujet oder Aktmodell betrachtet. Er saß als einziger am Fenster und hielt die Arme verschränkt vor der Brust. Er streifte sie mit einem sanften Seitenblick und spürte in ihrem Antlitz ihre Verlegenheit und Unentschlossenheit. Sie machte dabei eine Geste der Unsicherheit und deutete damit an, dass sie sich für diese Kabine noch nicht entscheiden konnte. Sie drehte sich um, ging einige Schritte vorwärts, schaute kurz in die nächste Kabine, kehrte zurück und trat ein. Mit einem raschen Blick musterte sie die Sitzecke am Fenster direkt ihm gegenüber, fragte ihn, ob der Platz frei ist und er nickte bejahend mit dem Kopf. Dann zog sie ihren Pelzmantel aus, hängte ihn an einen Hacken, setzte sich und schob mit einem Ruck den Vorhang beiseite. Ein winziger Hauch feines Parfüm mit einer gewissen erotisierenden Wirkung kitzelte leicht seine Nase und erfrischte ihn. Ihr Dekollete´ war erotisch anmutend, zumal wenn sie sich ruckartig bewegte und ihr voller Busen zum Wabbeln kam. Nachdem sie sich ihren Platz zurecht gemacht hatte, suchte sie sofort mit den Augen die seinen. Sicherlich hat sie sich etwas dabei gedacht, überlegte er: `Ein junger Mann, sieht gut aus, er wird mir gefallen. Vielleicht gefalle ich ihm auch. Vielleicht bietet sich da eine Gelegenheit, mit ihm Kontakt zu knüpfen´. Und in der Tat: sie wartete jedes Mal auf einen günstigen Augenblick um ihn mit einem erotischen Wimperzucken zu betören. Vermutlich wartete sie vergeblich, denn er war fest entschlossen, nicht unmittelbar in ihre Augen zu schauen, jedenfalls nicht lange. Und mit ein bisschen Blinzeln und Zucken ihrer zum Teil falschen Wimpern glaubte sie, ihn leicht entzücken zu können. Ein Schimmer Hoffnung glitt dann über ihr Gesicht und sie guckte sofort weg, bevor sie ins Schwärmen kam, und vor allem, weil sie wohl bemerkte, dass er sie schnell durchschaut hatte. Sie hatte eine dunkelbraune kurze Bluse mit einem runden großzügigen Dekollete-Ausschnitt und einen der Länge nach plissierten, cremefarbenen Rock und trug ihr seidenglänzendes blondes Haar in Form eines Knotens über dem Scheitel. Sie sah ihn kurz forschend an und drehte an ihren drei goldenen Armbändern, um deren Klirren mehr oder weniger zu dämpfen und senkte den Blick zu Boden. In diesem Moment erschien der Schaffner mit der Lochzange in der Hand und rief „Wer ist neu zugestiegen?" und sie reichte ihm ihre Fahrtkarte, die sie aus ihrer Handtasche rausholte. Und als sie ihre Karte wieder erhielt und einstecken wollte, entblößte sie unwillkürlich durch eine Handbewegung ihren Oberschenkel, aber dann deckte sie ihn hastig und mit einer gekünsteltem Scham wieder zu, natürlich nachdem seine Augen auf die entblößte Stelle gefallen waren, wie sie mit einem raschen Blick feststellen konnte. Ein keusches Lächeln huschte über ihre Lippen, gefolgt von einer leichten Errötung der Wangen. Er aber strich sich mehrmals mit der Hand seitlich das Haar über das rechte Ohr, um zu fühlen und festzustellen, ob es noch ordentlich gekämmt war. Sie tat auch Ähnliches, holte einen kleinen Spiegel aus ihrer Tasche, prüfte rechts und links ihre Gesichtshälften nach Fältchen absuchend, die auch kaum zu entdecken waren und biss die Lippen zusammen, um die Lippenstiftfarbe optimal zu verteilen. Sie versuchte all ihre weiblichen Reize zusammenzuraffen, ihn von ihrer Schönheit zu überzeugen, zu beeindrucken, um bei ihm wenigstens etwas Gefallen zu finden.

Und einige Augenblicke später schlug sie die Beine übereinander, stemmte die Ellbogen auf ihren Oberschenkel, hielt den Kopf zwischen den Handflächen so, dass das Gesicht sich der Helligkeit darbot und die Gesichtshaut sich stramm zog, um mehr Glätte vorzutäuschen. In dieser gebeugten Haltung saß sie eine Zeit lang durch das Fenster blickend. Sie wusste ganz genau, dass das milde Licht eines verschneiten Wintertages selbst die letzten Spuren von Hautfältchen, falls überhaupt welche zu finden wären, zum Verschwinden bringt. Sie saß für eine Weile reglos in dieser Haltung und schien abwesend zu sein. Ihre Gedanken wanderten in die Zeit ihrer Jugend, als sie damals ein hübsches Schulmädchen war. Sie schwärmte von ihrer ersten Liebe und von der ersten Umarmung und vom ersten Kuss.

Eine volle Stunde mochte vergangen sein, ohne dass er seine Haltung wesentlich änderte. Doch einmal stemmte er die Ellbogen auf die Sitzlehne, mit dem Deckel des metallenen kleinen Abfallkastens spielend oder das Kinn in die Hand gestützt, und blinzelte in die abwechselnd flach und hügelige grüne Land-schaft, die zum Teil mit Schnee bedeckt war. Ab und zu gab er von sich ein leichtes Husten oder Räuspern. Ansonsten saß er, die Hände locker vor der Brust verschränkt, die dann allmählich über den Bauch herunterrutschten und schließlich in seinem Schoß landeten, und jetzt fürchtete er sich davor, dass sie von der kleinsten Bewegung Notiz nehmen und zu ihren Gunsten missdeuten könnte. Er hatte die Befürchtung, dass, gleichgültig, wo sein Blick hinfiel und wofür er nichts konnte, sein Gebaren von ihr als auf sich bezogen gedeutet werden könnte. Eine weitere halbe Stunde verstrich, ohne dass jemand etwas zu sagen wagte. Das stille Schweigen und das Gedröhne des Zuges sorgten für Müdigkeit und betäubten langsam die Sinne. Eine gähnende Stimmung lag in der Luft. Zwischendurch stand sie auf, ging aus der Kabine und verschwand für eine kurze Weile und kam etwas erfrischt wieder zurück. Schließlich traute er sich auch aufzustehen. Er stand eigentlich auf, weil seine Füße einzuschlafen drohten, holte aus seinem Koffer ein Taschenbuch. Sie nutzte diese Gelegenheit und maß ihn von unten nach oben, als er sich dabei umdrehte. Dann setzte er sich mit dem Buch in der Hand, begann an einer von ihm vermerkten Stelle zu lesen, drehte aber vorher den Kopf um hundertachtzig Grad. Dabei machte sein Blick eine sekundenlange Unterbrechung und einen Zwischenaufenthalt auf ihr Dekollete´. Solche Zwischenaufenthalte in derartig gefährlichen und schrill nach Sinnlichkeit schreienden Zonen waren willkürlich und erfolgten selbstver- ständlich ohne dass sie darauf aufmerksam wurde, und sie wurden jedes Mal auch kürzer, um · nicht irgendwelche unterschwelligen Begierden und Absichten zu verraten. Plötzlich trafen ihre Augen die seinen und sie musterte ihn noch mal mit einem raschen Blick, der eine Gleichgültigkeit vorzutäuschen versuchte. Dennoch schien sie ihm etwas verwirrt zu sein. Sie wischte Staubpartikel von ihrem seidenglänzenden Rock, obwohl eigentlich nichts zum Wegwischen da war. Wenn er sich nicht täuschte, tat sie dies vielleicht, um vor ihm noch gepflegter zu erscheinen. Oder war es eine Geste der Abgehobenheit und des Stolzes, was soviel hieße wie: `sie ist was Besonders und wünscht keinen Fremden an sich heranzulassen´?. Wahrscheinlich machte sie sich viel daraus, als er sie ein paar Mal harmlos anblickte und sich nichts dabei dachte, außer dass sie ihn an eine ehemalige Deutschlehrerin erinnerte, wenn sie nicht so schön und jung gewesen wäre. Was heißt jung: Er war dreiunddreißig Jahre alt und sie war mindestens sechs oder sieben Jahre älter als er; so sah sie jedenfalls aus, aber dennoch reizend schön und attraktiv, nach seinen Begriffen. In diesem Augenblick machte der Getränkeverkäufer, ein junger Nordafrikaner samt seinem Waagen vor der Kabinentür einen kurzen Halt, schaute umblickend in das Abteil hinein und rief: „Erfrischungsgetränke". Dann ging er weiter nachdem er sich vergewissert hatte, dass Keiner einen Wunsch äußern wollte. Unser Frauenheld beschäftigte sich weiterhin mit dem Lesen, jedoch etwas wachsam seiner Umgebung gegenüber. Wahrscheinlich spürte sie dies auch und wollte ihm vortäuschen, dass sie für ihn kein Interesse hatte, indem sie den Kopf drehte und erst den anderen neben ihr ansah und dann in die Ferne weiter blickte. Nach einer kurzen Weile hob er den Kopf von seinem Buch und richtete seinen Blick ebenso in den weiten Horizont, aber aus Eitelkeit in die entgegengesetzte Blickrichtung. Vielleicht verstand sie dies als Zeichen der Bereitschaft. Doch sie drehte den Kopf und entschied sich auch für seine Blickrichtung. Abrupt drehte er den Kopf und schaute durch die offene Kabinentür und durch das andere Gangfenster in die sonnenüberflutete Landschaft. Eine Spur von Verzweiflung ließ sich nun gewiss in ihrem Gesicht wahrnehmen, weil sie seine Geste als Verweigerungsakt ihres Angebotes und als Fehleinschätzung ihrer Persönlichkeit auffasste. Sie blieb dieses Mal bei ihrer Blickrichtung, wurde vorsichtiger, nahm sich zusammen, senkte dann den Kopf und ihr Blick glitt über ihre Beine bis zu den Spitzen ihrer schwarz glänzenden Schuhe, die sie abwechselnd zu kippeln begann. Er versuchte seine Aufmerksamkeit weiter dem Buch zu widmen und tat so, als ob er ganz ins Lesen vertieft wäre, betrachtete sie aber gelegentlich verstohlen. Unwillkürlich hob er wieder den Kopf und sah, wie ihre Puppillen etwas erweitert waren, die Züge ihres

Gesichts an Gespanntheit verloren und wie aus heiterem Himmel der Glanz einer latenten Euphorie über ihre Augen flog. Eine Fontäne von Lachlust drohte aus den Abgründen ihrer Seele aufzusteigen, um hoch hinaus zu schießen, die sie jedoch meisterhaft und raffiniert drosseln konnte und über die Kaskaden ihrer Gesichtszüge weiter geschickt hinunter rieseln ließ. Dieser Lachdrang verschwand allmählich aus ihrem Gesicht und wandelte sich langsam in Genier- und Peinlichkeitsmimik. Von da an saß sie auf ihrem Platz mit einer Miene der Enttäuschung und er war für sie gleichgültig geworden. Dem Anschein nach erklärte sie sich damit als Verliererin in der Raffiniertheit der Augensprache und im Meisterschaftsspiel der Blickduelle und ihre kapitulierenden Augen glitten hin und wieder über sein Antlitz und ermunterten ihn. Seine Miene gewann immer mehr an neuen Zügen: Feine Züge des Triumphes, die auch sehr unterschwellig zum Schein kamen und nicht so leicht interpretierbar waren. Sie aber war sofort bei der Suche nach einem Fluchtweg, was zur Folge hatte, dass ihr Teint etwas errötete, und sie hob irritiert den Kopf. Er hingegen tat so, als wäre er in sein Lesen vertieft gewesen und hätte davon nichts bemerkt, gab unwillkürlich ein leises Hüsteln von sich und stellte fest, dass er bei einer Seite länger als nötig geblieben war. So senkte er seinen Blick, benetzte mit der Zunge den Finger, blätterte ein, zwei Mal und las weiter, und bemerkte dennoch, dass sie schräg aus den Augenwinkeln feststellen wollte, was für ein Mensch er sei und was er wohl zu lesen dabei habe. Ihn begann langsam das Spiel zu reizen. Er nutzte jedes Mal die Gelegenheit, wenn sie wegguckte und betrachtete sie aus den Augenwinkeln etwas genauer. Vor allem die Spitze ihrer cremeweißen Unterwäsche, die unter dem Rocksaum etwas hervorschaute, erregte ihn und machte ihn sinnlicher. Reizvoll war sie für ihn auf alle Fälle. Und sie reizte ihn umso mehr, je mehr sie ihre schön bewimperten Augenlider keusch und ergebend niederschlug. Dies erweckte bei ihm Sehnsüchte nach einem warmfeuchten Kuss. Und urplötzlich war sie für ihn unwiderstehlich. Er begehrte sie so sehr und hatte das Bedürfnis, sie zu liebkosen mit ihr zu flirten, wenigstens zu reden. Aber ihm fehlte der Mut dazu. Er wusste auch nicht, was er mit ihr zu reden hätte und wie er anfangen sollte. Und wenn schon, dies hätte er schon lange tun sollen. Er hatte das entscheidende Timing dazu versäumt. Nach einiger Zeit, als er gerade eine Buchseite umblättern wollte, bemerkte er, dass er sie zwar gelesen, aber nichts davon verstanden hatte. Nun war er diesmal in der Klemme: `ich kann eine Buchseite nicht so lange lesen ohne umzublättern, oder allenfalls könnte sie womöglich denken, dass das Lesen nur ein Vorwand wäre´ fiel ihm spontan ein. Er blätterte um, las eine Weile und blätterte dann einfach zurück um die Seite noch einmal zu lesen. `Sie wird gar nicht feststellen können´, dachte er weiter, `in welche Richtung ich geblättert habe. Wird sie es wirklich nicht feststellen können?´ fragte er sich `Und wenn schon, dann habe ich etwas nachsehen müssen. Aber das ist ein Roman und kein Sachbuch, was ich gerade lese. Was also sollte nachgesehen werden?´

Mittlerweile verlangsamte der Zug seine Geschwindigkeit und hielt vibrierend und ratternd bei der vorletzten Station an, einer kleinen Ortschaft mit einer modernen Hochhaussiedlung im Hintergrund. Leute stiegen ein und aus. Er legte das Buch beiseite, stand auf, ging für kurze Zeit aus der Kabine, schaute sich um, hielt sich dreiminutenlang im Gang, da, wo noch zwei Passagiere in Flüsterton am Plaudern waren und kam wieder zurück, als der Zug anfuhr. Ihr Blick war auf die Spitzen ihrer eigenen schwarz glänzenden Schuhe, die sie hin und her bewegte, fixiert, und sie tat so als wollte sie diese einer gründlichen Nachprüfung unterziehen. Ein still schleichender Ausdruck des Frohlockens begann sich fein um seinen Augen zu zeichnen, begleitet mit einem hochmütigen Lächeln. Und während eines Augenblicks saßen sie sich fragend gegenüber, er in der Art `Was haben Sie für einen Wunsch´ und sie `Na, wie finden Sie mich, kleiner Teufel?

´ Dann lenkte sie ihren Blick auf ihre goldenen Armbänder und er erlaubte sich, ihr aus Gefälligkeit ein leichtes freundliches Lächeln zu schenken, beugte den Oberkörper zur Seite und schaute durch die Fensterscheibe auf die beginnende urbane Architektur der Metropole. Lange Industriemauern, rauchende Schornsteine; dann moderne Hochhäuser, leere Güterzüge und auch vereinzelt stehende Lokomotiven. Sie fasste sein leichtes Lächeln als `Gott sei Dank, wir sind heil angekommen´ auf. Dann griff er nach dem Buch, das neben ihm lag, holte seinen Koffer herunter und steckte es hinein. Mit gesenktem Haupt und leicht verschämter Miene verließ er schmunzelnd die Kabine, und sie, die sich ebenso zum Aussteigen anschickte, streifte ihn bewundernd mit einem sanften Blick.

In der Landschaft der Phantasie,

Schlösser der Hoffnung baute sie.

Und im Garten ihrer Träume sie entsandte

Eine Bitte an die Hoffnung, die sich zu ihr wandte.

Karmesinrot weigerte sich die Scheu in den Wangen

Und ließ sie die Träume ihrer Jugend
wieder fangen.

An jenem Tag,

Trunken und voller Liebreiz taumelt sie

wie eine Phiole, die

Durch den Duft,

Der in ihr ruht, betört,

Im Klang und Überschwang

der reißenden Melodie

Seinen Namen ruft

Und ihn kommen hört,

Wie den Paukenschlag.

An jenem Tag,

Sie tanzte in kleinen Kreisen die Pfade
entlang

Hand in Hand mit ihrem Traumbild,

Das ihr fern lag,

Und brachte Herzenstakt mit Tanzschritt
in Einklang,

Graziös, voller Anmut, so zart, so mild.

Übrigens:

Dein Auge von deiner Seele erzählt

Und etwas verrät, wo ihr Blick hinfällt.

München, Dez. 2009

Porträt eines Exilirakers

Doktor Abdulrahman Pachachi oder wie man gewöhnlich auf Irakisch den Namen auszusprechen pflegte: „Doktor Abdulrahman Al-Patschetschi", war ein neunundachtzigjähriger Arzt im Ruhestand. Ein ziemlich abgehärteter unverwüstlicher Herr in alter Frische und mit ruhigem Gemüt; wahrlich ein Fels in der Brandung. Innerhalb der vierzig Jahre, die er in München gelebt hatte, hatte er nie Schnupfen oder Erkältung gehabt; zumindest keiner konnte sich erinnern, dass er so etwas je gehabt hätte. Er war immer kerngesund, bei Sinnen, rational denkend, stets ausgeglichen und besaß etwas Menschenkenntnis und trotzt seines simplen Vokabulars eine beachtliche Überzeugungskraft mit einem Hauch an Verschlagenheit. Das strenge Leben in der Fremde und die harten Jahre des zweiten Weltkriegs lehrten ihn, skeptisch, übertrieben sparsam, geduldig und immer beherrscht zu sein. Nie war er gereizt, er gab auch nicht irgendwelche Emotionsausbrüche oder derartiges von sich und ließ nicht mindere Instinkte über sich walten. Er wusste immer, was er wollte und hielt sich auch streng an die Regeln und die Ordnung des westlichen Lebensstils, was ihn mutmaßlich von seinen orientalisch-gesellschaftlichen Bräuchen und Manieren fern hielt. Er war mit ihnen nicht nur nicht mehr vertraut, sondern er schien sie mit der Zeit sogar verlernt zu haben; und dennoch trieben ihn Wehmut und Heimweh zu seinen Exillandsleuten, mit denen er ab und zu in Konflikt kam. Im Debattieren mit ihnen war er zum Teil anmaßend und rechthaberisch und auch nicht gerade zimperlich. Sie waren ein heterogener Haufen aus Religiösen, Kommunisten, Autohändlern, Geschäftsleuten, einfachen Arbeitern und Universitätsabsolventen, geprägt von Wankelmut und Auseinandersetzungen. Politische Meinungsverschiedenheiten, Neid und Eifersucht waren oft Gründe ihres Zankens und ihrer Rangeleien. Die meisten jüngeren unter ihnen gaben an, als politische Flüchtlinge von dem totalitären Regime in der Heimat verfolgt zu sein, und bewarben sich in der hiesigen Stadt um Asyl. Er sprach mit ihnen sehr laut, nicht unbedingt um gehört zu werden, sondern um ihnen klar zu machen, dass sie ebenso laut reden sollten, weil er schwerhörig war. Da er auch wusste, dass die Andern ihn für schwerhörig hielten, tat er manchmal so, als ob er nicht alles gehört hätte, vor allem das nicht, was er ungern hören wollte. Oft sah er sich verpflichtet mit gewendetem Kopf ein Gegenlächeln zu leisten, wenn er die Witze, die sie erzählten und auf die sie auch laut lachten, nicht verstanden hatte. Hätte man länger in seine Augen blicken können, so hätte man leicht feststellen können, dass er noch den Witz in seinem Kopf zu enträtseln versuchte.

Tagtäglich sah man ihn gegen elf Uhr morgens die Leopoldstrasse überqueren um dann gemächlich und selbstsicher in die Hohenzollernstraße einzubiegen, wo er in dem Stehcafe „Tschibo" einen Landsmann zu treffen hoffte und schließlich in der städtischen Bibliothek verschwand, um die Züricher Zeitung zu lesen; und dies vierzig Jahre lang. Er hatte sie auch nie aus eigenem Geld gekauft, geschweige denn sie abonniert, so knauserig war er. Ihm lag besonders viel daran, dass sie neutral war und keiner konnte ihn überzeugen, dass es überhaupt eine Zeitung gab, die neutraler war als die Zürcher. Darin las er nur den politischen Bericht über die letzten Ereignisse in seiner Heimat oder in der arabischen Welt.

In ein Cafe setzte er sich nur dann, wenn er einen ihm bekannten Landsmann zufällig traf. Er legte Hut und Stock beiseite, bestellte eine Tasse Kaffee oder ein Erfrischungsgetränk und begann mit der Frage: „Was für neue Nachrichten gibt´s über unseren Irak?"

Oder wenn mehrere anwesend waren und einer etwas sagte, was nicht in den Kram seiner politischen Meinung passte, begegnete er ihm mit: „Woher hast du das? Bring denjenigen hierher, der dir das gesagt hat, und ich sage ihm, was Sache ist." Die Schlaffheit seiner Gesichtszüge im diffusen Schein einer schwachen Birne kam dabei noch mehr zur Geltung. Er war der festen Überzeugung, dass sich sein Land niemals zu einem Industrieland entwickeln würde und er hielt von den Gebildeten seiner Landsleute nichts. Allenfalls schaute er voller Argwohn in die Augen seines Gesprächspartners und sagte: „Du glaubst wohl nicht, dass diese Trottel die hohe Erwartung unseres Landes erfüllen können."

Obwohl seine Kenntnisse über Medizin ziemlich veraltet waren, sprach er gern darüber, diskutierte oft mit Exilirakern über Politik und zitierte ekstatisch und mit voller Ergriffenheit den Koran oder klassisch-arabische Gedichte. Jedoch faszinierte ihn die hocharabische Sprache und ihre klassischen Dichter, die er aus blindnationalem Gefühl vergötterte. Apropos, er fühlte sich diesen Exilirakern gegenüber überlegen und hielt sich für einen Allwissenden, der zu einer elitären Oberschicht gehörte. Eine Anmaßung, die von einigen irakischen Intellektuellen als lächerlich empfunden wurde. Diese Eitelkeit, die eine gewisse Verachtung in sich trug, Verachtung gegenüber Ungebildeten und Notdürftigen, hatte gewiss mit seiner Erziehung zu tun, denn solche reichen irakischen Familien, die ständig von Bediensteten umgeben waren und nie Not kannten, vermittelten ihren

Emporkömmlingen, dass Arme und Untertanen Menschen zweiter Klasse seien und nicht als Ebenbürtige angesehen werden sollten.

Übrigens, seine Knickrigkeit war manchmal geradezu beschämend. Einmal rief er die Kellnerin, um zu zahlen, gab ihr für den kleinen Becher Eiscreme, den er gerade vertilgt hat, anstatt eine Mark und neunzig ein Zweimarkstück. Als er merkte, dass sie sich von ihm abwenden wollte, nahm sein Gesicht sofort eine ernste Miene an und mit einer preußischen, aber auch derben Art forderte er die Bedienung auf, ihm den Rest zurückzugeben. Herrisch befahl er ihr: „Reichen Sie mir auch die Rechnung, ja!" Er sprach in einem überheblichen Bariton und noch dazu auch laut und deutlich. Es war dreist und nicht gerade vornehm, aber so war er. Ganz verwirrt und zugleich erstaunt und mit einer verzogenen Schmollmundmiene erfüllte die Kellnerin sofort seine Wünsche. Bei der Wahl seiner Speise war er immer sehr heikel; er ließ jedes Mal die Kellnerin oder den Kellner ihm penibel alles erklären und nahm manchmal das ganze Personal der Gaststätte in Anspruch. Dies war ein geschickter Schachzug von ihm, denn er bekam jedes Mal den größten Teller mit dem besten Stück Fleisch und den frischesten Zutaten; ohne Zweifel eine raffinierte Taktik, und doch ging sie nicht selten auf.

Als er in die überfüllte U-Bahn einstieg, drängte er sich zu den Sitzplätzen, klopfte mit der Spitze seines Stockes auf die Beine eines Jungen, ihn zum Aufstehen auffordernd: „Husch! Husch! Weg da!", damit dieser ihm den Platz überließ. Er war in vieler Hinsicht ein bemerkenswerter Kauz. Auch beim Überqueren einer Straße schaute er törichterweise nicht nach rechts und nicht nach links und ließ dabei die Autofahrer manchmal lange hupen, denn er sah nicht ein, dass er derjenige sein sollte, der auf den Verkehr zu achten hatte. Lautlos ging er dann die Leopoldstraße Richtung Münchner Freiheit und vorm Schaufenster der HypoVereinsbank machte er einen kurzen Halt um die aktuelle Liste der Aktienkurse zu studieren. Man erzählte von ihm, dass er - abgesehen von Häusern, Geschäften und Obstplantagen in Bagdad - noch mehrere Konten, Sparbücher und Wertpapiere in der Schweiz und in Österreich besaß und dennoch wohnte er in einem schäbigen kleinen Zimmer mit gemeinschaftlich genutztem WC und Dusche. Zwei Fragen durfte man ihm nicht stellen, nämlich wie alt er sei und wie viele Millionen er besitze. Dies waren seine wohl gehüteten Geheimnisse. Selbstverständlich schwieg er und gab nie Antwort und unter der mehr nach rechts gesenkten Hutkrempe schauten verschmitzt und zugleich mahnend seine halbverkniffenen wimperlosen runden

Äuglein, die in den letzten Jahren immer kleiner geworden waren.

Der eitle Charmeur war nie verheiratet, gab jedoch schmunzelnd an, dass in seiner Jugend viele hübsche Frauen hinter ihm her gewesen waren und dass er sich diejenige ausgesucht hatte, die ihn damals eingeladen und für ihn auch bezahlt hatte. „Jedenfalls fanden sie mich sehr attraktiv und ich zog sie wie ein Magnet an", gab er zu verstehen. Zwischen langen Fingern, die mehr oder weniger an Schrobenhausener Spargel erinnerten, hielt er die Krempe seines Filzhuts, klopfte mit der anderen Hand auf ihn, setzte ihn auf den ganz spärlich und weißlich behaarten Kopf zurecht und ergänzte „Nun ja, man muss wissen, wie man sie verzaubert."

Er war mittelgroß und hatte quasi die Visage von Kurt Waldheim. Man hielt ihn für eine graue Eminenz und oft für einen emeritierten deutschen Ordinarius der alten Garde. Seltsamerweise war er blond mit albinotisch-somatischen Zügen, was eigentlich nicht typisch für einen Iraker ist. Er trat immer im Anzug mit Krawatte und Filzhut mit einer ein wenig nach rechts gekippten Krempe und einem Stock oder schwarzen Regenschirm in der Hand auf. Seine schweizerische goldene Uhr war von der Marke Omega, ein Modell aus den vierziger Jahren.

Wohlgemerkt: er stammte aus einer reichen, bekannten Familie aus Bagdad, die vor allem Ruhm und Reichtum besessen hatte. Eine der Familien, die ein Überbleibsel aus dem osmanischen Reich war. Sein Onkel war in den fünfziger Jahren der haschemitischen Monarchieepoche Ministerpräsident des Irak gewesen, dessen Söhne abwechselnd Außenminister und auch Ministerpräsidenten waren. Von der Zeit der Monarchie schwärmte er und lebte in der Hoffnung, ihre Renaissance wieder zu erleben.

Studiert hatte er in den vierziger Jahren in Deutschland und in der Schweiz. Zu seiner Zeit war dies das Privileg der reichen Familien gewesen. Er erinnerte sich an Hitler, wie dieser Reden gehalten hatte und war sehr begeistert von ihm. Und kurz vor dem Bombardement von Dresden im Jahre 1945 hatte er den Zug Richtung Zürich genommen, um dort sein Medizinstudium fortzusetzen. „Zwei Wochen hatte die Fahrt gedauert", sagte er und „An jedem Bahnhof hielt er tagelang an. Die Fahrt war die reinste Qual gewesen. Das Sausen der Raketen und die dumpfen Schläge und das ohrenbetäubende Donnern der Bomben waren unerträglich. „Gott sei Dank, dass der Zug nicht getroffen worden war, sonst wäre ich nicht mehr da. Es hätte aber sein können, nicht wahr!"

Nachdem er mit dem Studium fertig geworden war, arbeitete er in mehreren deutschen Krankenhäusern, dann ging er in den Irak zurück. Er hatte zuletzt im Jahre 1968 seine Arztpraxis in dem ersten Stockwerk eines Gebäudes an einem belebten Platz mitten in Bagdad. Als die arabischen Nationalisten in jenem Jahr durch einen Putsch an die Macht kamen, starteten sie mit einer Säuberungskampagne gegen jedweden politisch anders Denkenden. Ihr böses Anliegen galt vor allem den kurdischen Separatisten, die sie zerschlagen wollten, die religiösen Fundamentalisten und auch Kommunisten wollten sie endgültig eliminieren.

„An einem schönen Oktobermorgen", erinnerte er sich während eines Spaziergangs im Englischen Garten mit einem Landsmann „trat ich vom Hinterhof ins Gebäude, stieg die Treppe zu meiner Praxis hinauf, zog die Gardine zur Seite und sah aus dem Fenster: mitten auf dem Platz baumelten neun erhängte Männern an Strängen. Sie waren von einer lachenden Menschenschar umkreist. Ein kalter Schauer lief durch meinen ganzen Körper." Er unterbrach sich, stützte seinen rechten Fuß auf das eiserne Geländer, kniete nieder und band die Schnürsenkel seines solid gebauten englischen Schuhs aus gutem braunem Leder fest; dann holte aus seiner Hosentasche ein Taschentuch und putzte seine Schuhe, holte tief Luft und setzte seine Rede seufzend fort: „Ich machte die Gardine wieder zu, setzte mich in meinen Sessel und dachte nach. Dann war es mir übel. Schließlich fasste ich den Entschluss, das Land zu verlassen und seitdem lebe ich in München."

Wie so oft besuchte er an Samstagen in München einen kleinwüchsigen Landsmann, einen Autohändler. Sie hockten mit noch anderen Autohändlern auf Plastikstühlen zwischen den zum Verkauf angebotenen Gebrauchtwagen und quasselten über Politik, Medizin, Religion oder Frauen. Gebeugt saß er auf dem alten Klappstuhl, den sie für ihn reserviert hatten, die Hände zwischen den Knien ineinander verschränkt und hörte dem Kleinwüchsigen mit aufgerissenen Augen voller Ironie und mit leicht zwinkerndem linken Auge zu. Er tat so, als hörte er ihm wissbegierig zu. Er wusste, dass das Thema Religion für den abergläubischen ungebildeten Kleinwüchsigen eine todernste Sache war, daher auch die Geringschätzung ihm gegenüber. Er war natürlich stolz darauf, dass die Araber eine Religion für die Welt gebracht hatten, mit der sie sich verbreiten und auch andere Völker unterjochen konnten. Allerdings stellte er die Vernunft über den Glauben und war immer geneigt, die Religion als eine pure nationale Angelegenheit beziehungsweise ein perfektes Eroberungsmittel anzusehen.

Trotz ihres dreißigjährigen Altersunterschieds und der großen Differenz im Bildungsniveau vertrugen sich die Beiden jedenfalls sehr gut und waren über mehrere Jahrzehnte hindurch unzertrennlich.

An einem Sommermittag kam er. Sie waren gerade am Grillen. Als sie ihm etwas zu Essen anboten, bedankte er sich mit einer unzufriedenen Miene und sie wunderten sich, weil sie diese Geste der Dankbarkeit von ihm nicht erwartet hätten. Gewöhnlich sagte er nie nein, wenn man ihn zum Essen einlud und das Wort Danke war bei ihm eine Mangelware, und wenn die Situation ihn dazu zwang, sich zu bedanken, so kam es halbherzig aus ihm heraus.

Nun, sie wussten nicht, dass der Grund nicht der war, dass er nicht essen wollte, sondern dass er nicht essen konnte, weil er versehentlich sein Gebiss zu Hause zurückgelassen hatte.

Am 13. Mai 2007 verstarb er im Alter von knapp dreiundneunzig Jahren.

München, Feb. 2009

Die ersehnte Freiheit eines Flüchtlings

Der Schäferhund einer österreichischen Bergwache zieht, eine Spur schnüffelnd, immer fester an der Leine in Richtung einer Felsenkluft in der Nähe der slowenischen Grenze, und sein Halter Siegfried, in kurzer grüner Wildlederhose und Filzhut mit gesteckter Fasanenfeder, trippelt neugierig hinter ihm her. Dann läßt er die Leine los und der Hund rennt gezielt zu einer dunklen Stelle in den Felsen und beginnt aufgeregt zu bellen. Der Pensionist und ehrenamtlich tätige Bergwachtmann traut seinen Augen kaum, als er eine Leiche in patschnassen und zerrissenen Kleidern sieht und fragt sich erstaunt: `Wie lange wohl hat sie da schon gelegen?´

Sie ist von einem dunklen Mantel umhüllt und zusammengekauert, noch mit den Händen die Knie fest an die Brust gedrückt und zur rechten Seite gekippt liegt sie da. `Sie müsste vor Kurzem aufgetaut und zu Beginn ihres Verwesungsprozesses sein. Zweifellos ist er ein Ausländer in der Lenzjugend des Lebens´, mutmaßt er und sein ratloser Blick entweicht zu dem in den Sonnenstrahlen glitzernden Eiskeil, aus dem das Schmelzwasser auf einem schwarzen Diplomatenkoffer, der neben ihr liegt, triefelt.

Massoud war Mitglied in der Demokratischen Volkspartei Afghanistans. Er agierte als loyaler Parteigenosse und war in der Redaktion einer Kabuler-Presse tätig. Als die Taliban die Macht übernahmen, floh er mit gefälschten Papieren erst in Richtung Iran, wo er mit Kurden zwei Monate lang in einer Baustelle in Kermanschah arbeitete. Dann fuhr er nach Bazorgan, einen Grenzort zwischen dem Iran und der Türkei. Er konnte sich nicht lange im Iran aufhalten, denn die Islamische Republik Iran gewährte den politisch Verfolgten aus Afghanistan ungern Asyl, insbesondere dann nicht, wenn sie in Erfahrung brachte, dass der Schutzsuchende kommunistisch gesinnt war und sich einer islamischen Gehirnwäsche nicht unterziehen ließe.

In Bazorgan traf er einen Bekannten namens Teimor, der ihm sagte, dass die Grenzschleuser sehr hohe Beträge fordern. So beschloss er, zu Fuß und allein über die Grenze zu gehen. Am nächsten Tag nahm er seinen kleinen Koffer, trug das Allernötigste mit sich und ging los, und zwar von der Rückseite der kleinen Grenzortschaft aus. Seine Schritte folgten instinktiv kleinen Pfaden in Richtung der erhofften Landschaften, in die viel versprechende Fremde, in Länder der Furcht- und Sorglosigkeit. Nach einer Strecke von einem Kilometer machte er an einem Baum Rast und wartete bis es etwas dunkel wurde. Das Galoppieren eines Pferdes wechselte gerade in Trab, als er merkte, dass ein Reiter sich näherte. Der bronzebraune rüstige Alte zog die Zügel fester an, sprang aus dem Sattel und fragte ihn, ohne zu grüßen:

"Was haben Sie auf meinem Feld verloren?"

Die Frage dünkte ihm weder persisch mit nördlichem Akzent noch kurdisch. Jedenfalls hat er sie verstanden, obschon der Alte sie diesmal auf Persisch wiederholte.

"Ich will nur für eine Weile rasten. Seien Sie unbesorgt lieber Herr", antwortete Massoud stirnrunzelnd eingeschüchtert und mit flehentlicher Miene und das letzte Wort blieb ihm in der Kehle stecken. Der Alte warf auf ihn einen misstrauischen Blick, biss sich auf die Lippen, nickte halb mahnend, halb billigend mit dem Kopf und sagte:

"Machen Sie, dass Sie möglichst schnell von hier verschwinden."

Dann bestieg er sein Pferd wieder und nahm eine Richtung gegen den Horizont mit der untergehenden roten Sonnenscheibe. Vor Massouds Augen wurde er immer kleiner und kleiner bis er in der Weite völlig verschwand. Massoud wartete bis der Abend herabsank, aber bedauerlicherweise begann der Vollmond zu scheinen und erhellte das Gelände und noch dazu wehte ein milder Wind. Alles schien ihm nicht gerade glückverheißend. Dennoch raffte er sich auf und ging mit vorsichtigen Schritten in Richtung eines Berges an der Grenze, weit weg von jeglichen Grenzposten. `Die letzten Hundertmeter werden Schotterwege sein´, dachte er `bloß kein auffallendes Kiesknirschen´ Jedes Mal, wenn er ein Huschen oder Rascheln hörte, versteckte er sich geängstigt und schutzsuchend. Schließlich erreichte er einen Bergpass. Und als er dort war, hörte er einen Grenzsoldaten schreien "Wer ist da?" Er rührte sich nicht von der Stelle, kauerte sich hinter einen großen Felsen und versteckte sich und sah in sichtweite einige der Grenzsoldaten mit ihren Kalaschnikows in den Händen patrouillieren; allerdings keiner konnte ihn entdecken. In seiner unmittelbare Nähe tastete er auf etwas seltsames. Es war ein Jutesack gefüllt mit irgend etwas. Der Sack war vermutlich von irgendwelchen Grenzschmugglern fluchtartig zurückgelassen worden. Er zerriss ihn mit seinem kleinen Messer und fand darin Kleider, Briefe, ein Stück Käse eingewickelt in ein Fladenbrot und Zeitungspapier, Zigaretten und ein Bündel Geldscheine; türkisches Geld, wohl gemerkt. Er steckte die Geldscheine und die Zigaretten in seine Tasche und vertilgte hastig das eingerollte Brot samt dem Inhalt und wartete noch eine kurze Weile. Nachdem er sich vergewissert hatte, dass die Grenzsoldaten sich entfernt hatten, beschloss er aufzubrechen. Sein Herz pochte und er hatte Angst, entdeckt zu werden und dass seine Knien weich werden und ihn verraten würden. Die Furcht und der Gedanke, eine Mine könnte unter seinen Füßen explodieren und ihn zerfetzen, war nicht minder wahrscheinlich und bereitete ihm noch mehr Angst und machte ihm zu schaffen. Äußerst wachsam sammelte er seine gesamten Kräfte, schlich sich zum nächsten Hang und rannte blindlings die steinige Böschung hinunter und zwar so schnell, wie er konnte. Hinter sich hörte er eine warnende Stimme:

"Halt, sonst schieße ich."

Er rannte und ließ seine Füße sich verselbstständigen. Hinter sich hörte er noch Schüsse. Er lief polternd den steinigen Berghang hinunter, wie ein vorwärtsschnaubendes Ross weiter in Richtung einer Autostraße, jedoch stolperte zwei Mal und verletzte sich dabei glücklicherweise nicht. Als er ziemlich außer Atem war, merkte er, dass er sich von der Grenze entfernt hatte, spürte ein Seitenstechen im Taillenbereich und konnte nicht mehr so schnell laufen, wie er es sich gewünscht hätte. Noch keuchend, noch dreckig und noch schweißüberströmt lief er die Straße entlang und hatte dabei das Bedürfnis, eine kurze Pause einzulegen um eine Zigarette zu rauchen. Also ging er unter einen kleinen Steg an einem kleinen Bach, holte aus seinem Koffer eine kleine Plastikflasche heraus, die mit Wasser gefüllt war, und trank es bis zur Neige; dann füllte er sie wieder mit Wasser auf, während das seichte Wasser gläsern und glasgrün unter seinen Füssen murmelte und rieselte. Dann zündete er ein Streichholz nach dem andern an, allerdings der Wind pustete sie jedes Mal aus, als wollte er mit ihm Schabernack treiben. Schließlich gelang es ihm, eine Zigarette mit einem Fidibus anzuzünden. Angelehnt an den Stamm einer Weide, die von Blattläusen befallen war, lag er die Hände seitwärts geworfen und mit himmelwärts gekehrtem Antlitz. Kleine Kumuluswolken waren am dunklen Himmel sporadisch verteilt. Er dachte nach und ließ seinen Gedanken freien Lauf. Und für eine kurze Weile blickte er mit halboffenen Mund und starren Augen ins Leere, dann nickte er träumend ein, die Zukunft sich rosig ausmalend und auf seinen Lippen zeichnete sich ein zartes Lächeln ab. Ein Lächeln der Glückseligkeit. Das Gerassel eines Lasters, der gerade über ein Straßenloch fuhr, weckte ihn wieder und sein Herz erinnerte sich sofort seines gewagten Unterfangens von vorhin. Er erhob sich, schüttelte den Sand ab, der noch an seinen Kleider haftete, machte zum Ufer ein paar Schritte, schleuderte flache Steine über die Wasseroberfläche, ließ sie mehrmals hüpfen und wusch sich anschließend Hände und Gesicht. Müde kletterte er zur Straße hinauf, stand dort gespannt mit etwas vorgebeugtem Oberkörper und hielt die Hände locker vorm Leib verschränkt wie ein Erdmännchen, das nach möglichen Gefahren Ausschau hält. Neben ihm stand noch der kleine Koffer und vor ihm erhob sich majestätisch der archaisch-biblische Ararat mit seiner ewigen Schneekuppel, umringt von immer mehr sich verdunkelnden Wolken. Der Berg beanspruchte den Löwenanteil vom Horizont und bot sich ihm wie eine gewaltige Kulisse in der Bühne der Freiheit. Er stoppte einen Personenwagen und bat auf Englisch, ihn nach Ankara mitzunehmen. Von da an versuchte er nur auf Englisch sich zu verständigen. Der Wagen war, bis es nicht mehr ging, voll mit Menschen und Gepäck beladen und so weigerte sich der Fahrer, ihm zu helfen und warnte ihn davor, dort zu bleiben, weil sich nachts irgendwelche Banden herumtreiben würden und es gefährlich wäre. So ging er wieder zum Bach hinunter und setzte sich auf einen Stein, zupfte einen Grashalm nach dem anderen ab und begann sie zu zerkauen. Als er wieder zusammengekauert am Fuße eines Baums saß, zündete er sich ein Lagerfeuer an. Es funkelte und knisterte und er strich mit seinen Gedanken von der Vergangenheit über die Gegenwart bis hin zur Zukunft. Er dachte an seine Mutter, Vater und Geschwister, an seine Schulkameraden, an seinen vertrauten Geburts-ort Herat und an die Hauptstadt Kabul und vor allem an das hübsche Mädchen Khadiedja, die Tochter der Schneiderin, die seine Mutter für ihn als künftige Frau vorsah. Er begann langsam an sich zu zweifeln, ob er überhaupt noch der alte Massoud sei und fragte sich, wohin der Weg weiter führen und was auf ihn alles warten würde. Für ihn lag alles noch im Dunkeln und rief Entsetzen hervor. Wie dem auch sei, das Werden lag voller Hoffnung vor ihm. Denn wäre er in Kabul geblieben, so wäre er in den Gefängnissen der Taliban gelandet und gefoltert, wenn nicht getötet worden. Also musste er sich für glücklich erklären.

Das schwache Dämmerlicht brachte eine leichte Kühle mit sich. Massoud legte den Kopf auf den Koffer, kauerte sich in einer embryonalen Haltung zusammen, deckte sich mit seinem langen Maojackett zu, hoffend darauf, dass die nächsten Tage ihre Versprechungen erfüllen würden, und schlummerte weg. In jener Sommermondnacht erwachte er, um seine Blase zu entleeren. Einstweilen war der dunkle Himmel mit leuchtenden Sternen übersät wie glitzernde Kristallsplitter auf einem auberginefarbenen Samtgewand und der Vollmond lugte immer noch geheimnisvoll durch das kleine Gewölk in die stille Nacht und in seinem Licht zeichneten sich gelegentlich schemenhafte Silhouetten von Pferden und Reitern ab. Damals als er ein kleiner Junge war, betrachtete er den Mond als eine gigantische Glühbirne im dunklen Himmelsgewölbe und die Berge waren irgendwelche Geister und die Gegenstände und die Bäume verwandelten sich in Hexen. Als er aber älter wurde, war der Mond für ihn wie eine riesige Perle, die an der Brust einer schwarzen Riesin hing. Er legte sich wieder hin und schlief solange weiter bis die Sterne an Glanz verloren hatten und matter wurden und die Helligkeit die dunkle Nacht vertrieb. Das erste Zwitschern vereinzelter Spatzen kündigte sich an. Tautropfen trieften tapfer in die Tiefe seiner Seele und erweckten bei ihm eine Sehnsucht, die Sehnsucht der Jugend von der er unglücklich fern war. Noch am Morgengrauen und noch schlafbedürftig richtete er sich auf. Seine Glieder schmerzten ihn. Er reckte sich auf und schnell entledigte er sich seiner Notdurft, wusch sich das Gesicht, nahm den Koffer und ging wieder auf die Straße. Erstaunlich wie schnell es hell wurde, wunderte er sich. Unterwegs blieb er kurz stehen und sah auf eine aufgeblähte tote schwarze Maus, die auf dem Rücken lag, das spitze Mäulchen offen und die Pfötchen seitlich ausgestreckt. Sie lag so friedlich auf dem asphaltierten Boden, so als würde sie sich sonnen. Massoud war gerührt und er dachte nach: `Wir Menschen sind wie diese Maus. Sie hat ihren göttlichen Auftrag erfüllt. Sie lebt nicht mehr, obwohl sie noch da ist. Hoffentlich hinterließ sie keine Babies. Hoffentlich starb sie ohne Qualen. Ich wünschte, ich hätte ihre Lebenslinie verfolgen können. Wer hat ihr diese Linie vorgezeichnet? Aus ihrem Leichnam werden bald hundert Lebenslinien von Fliegenmaden ihren Start nehmen. Auch sie werden sterben.´

Die Spitze eines kleinen Minaretts erschien am Horizont. Es waren aber ungefähr vier Kilometer, die er bis dahin zurücklegen musste, bei seinem Tempo würde er gut eine halbe Stunde brauchen. Eine kurze Brise wehte kräftig und presste seine Jacke gegen den Rücken und er fröstelte ein bisschen. Er hielt diesmal einen mit Röhricht und Schilf beladenen alten und klapprigen Pritschenwagen an. Der Fahrer war ein netter etwa fünfzigjähriger Mann und sprach kurdisch. Er nahm ihn mit und Massoud konnte sich mit ihm, während der cirka zwanzig Kilometer langen Fahrt etwas, wenn auch nur bruchstückhaft, verständigen. Massoud erzählte ihm, dass er ein Flüchtling aus Afghanistan sei und kein Geld dabei habe. Er hatte natürlich nicht ganz die Wahrheit gesagt, denn er hatte Angst, weil er nicht wusste, was auf ihn warten würde und dass womöglich jemand sein Geld klauen könnte. Der Fahrer nahm ihn zu sich mit nach Hause. Dort machte er ihn mit seiner Frau, einer jungen fleißigen Kurdin bekannt, die ihm und ihrem Mann Schmant, Honig, Brot und Tee zum Frühstück servierte. Nach dem Frühstück machte die Frau heißes Wasser für ihn zum Baden. Nach dem Baden erschien er vor der wackeligen und morschen Tür mit nacktem Oberkörper, mit knöchelhoch gekrempelten Jeans, in der Hand ein warm dampfendes Handtuch, mit dem er sein Gesicht und seine Achselhöhlen abwischte. Beim Hemdzumachen verknöpfte er sich zweimal und brachte das leutselige bäuerliche Ehepaar zum Lachen. Er durfte sich auch in einem einfachen kleinen Raum hinlegen, da wo viele handgemachte Matratzen und Decken gestapelt waren, und er schlief auch einige Stunden. Es war schon Mittag als er wieder aufwachte. Er schob mit einem Ruck das weiße Lacken vor dem gitterlosen Fenster beiseite, räkelte sich, sah den Gastgeber mit der Frau beim Mauerbau des Hauses und ging zu ihnen um zu helfen. Schon beim Morgengrauen des nächsten Tages fuhr der Mann ihn zu einer Busstation in der nächstgelegenen Kleinstadt. Dort stand mitten auf einem Platz ein Bus, umringt von Passagieren und verstreuten Koffern. Die beiden erkundigten sich gleich nach dem Fahrer.

"Gott helfe Euch, mein Bruder!" begegneten sie dem gebückten Busfahrer beim Schieben der Koffer in die seitlichen Ladeflächen.

"Gott grüße Euch!" sagte er mit erhobenem Kopf und fragender Miene. Seine Physiognomie, sein zartgliedriger Körperbau ließen ihn weder als Kurde und noch weniger als Türke vermuten; womöglich galt er als ein Mischling aus allen ethnischen Bevölkerungsgruppen.

"Wie kann dieser junger Mann Ihnen dienlich sein, wenn Sie ihn mit nach Ankara nehmen, wo er doch kein Geld hat?" sagte Massouds Gastgeber und legte dabei die Hand auf die Schulter Massouds.

"Gar kein Geld!", wunderte sich der Busfahrer und maß Massoud mit einem Blick.

"Gar keins!"

„Gut!" sagte der Busfahrer und zog mehrere Male die Lippen zurück, entblößte dabei das Zahnfleisch und ließ sein noch nicht ganz verschlissenes Originalgebiss mit den zwei Eckzähnen aus Gold hervorblecken.

"Tun Sie diese Koffer möglichst lückenlos in die Ladeflächen und holen Sie mit diesem Kanister sauberes Wasser und sammeln Sie, sobald alle vollzählig auf ihren Sitzplätzen sind, die Fahrkarten ein", befahl der Busfahrer Massoud.

Massoud übernahm gern die Aufgabe und verabschiedete sich gleich von seinem Gastgeber, der ihn am Handgelenk nahm und ins Ohr flüsterte „Hier; nimm das. Du kannst es für Unterwegs gut gebrauchen" und drückte zugleich etwas Geld in seine Hand.

Der von Passagieren vollbesetzte und mit Gepäck vollbeladene Bus fuhr über Dörfer und Städte, über Berge und Felder und raste mit vollem Tempo über leere Pisten. Massoud saß ganz hinten, eingezwängt zwischen Kisten, Stoffballen und Jutesäcken, die so gefüllt waren, als drohte ihnen das Platzen aus allen Nähten. Sein rechte Bein schlief hin und wieder ein. Durch undichte Fenster fauchte und pfiff vibrierend der Wind. Ein blässlichweißer, großer Mond lugte durch gelockerte Wolken oder zeigte sein volles Gesicht. Massouds Augen waren auf ihn fixiert. In der Steigung fiel er wie ein Riesenballon langsam auf die Erde. In der Biegung entfernte er sich seitwärts. Später fuhr der Bus von der Schnellstrasse über eine Landstraße an kleinen vor sich hinschlummernden Dörfern vorbei. An einem Rastplatz, wo kleine und einfach gebaute Baracken sich als Restaurants boten, hielt er an. Neben den draußen stehenden wackeligen Stühlen und Tischen hing ein Metzger über eine mit Wellblech überdachte Theke sein frisches Fleisch, das von vielen Fliegen umsummt war. Daneben stand ein Junge vor einem Grill und fächelte die Glut unter den Spießen, die für einen der Fahrgäste zubereitet worden waren. Der Geruch nach gebratenem Speck und das Knurren seines Magens veranlassten ihn, ein Stück Fleisch zu kaufen und in sechs kleine Stücke grillen zu lassen. Er setzte sich etwas abseits von den übrigen Fahrgästen. Eine Bettlerin mit ihrem Baby im Arm bat ihn um ein kleines Almosen und er gab ihr eine Münze. Die aus verschiedenen Holzbrettern zusammengenagelte Tür der Hütte von gegenüber öffnete sich langsam und knarrend und ein gebrechlicher alter Bettler trat heraus und schlurfte wankend und geschwächt mit aus Stoffstreifen zusammengeknoteten, abgeschabten Latschen zu ihm hin. Er hatte wahrscheinlich durch den Türschlitz gesehen, dass da einer freigiebig war. So bat er ihn ebenso um eine kleine Gabe, die er auch bekam. Später brachte ihm der Knabe aber nur vier Teile Fleisch, zwei hatte er scheinbar entwendet. Als er ihn fragte, wieso es nur vier seien und nicht sechs, antwortete der Junge einsilbig und achselzuckend:

"Das sind alle." und er stand einige Sekunden lang mit einem Blick, der Bedauern verriet und einem Lächeln, das einen leichten Gewissensbiss verbarg.

Er schüttelte den Kopf und blickte schicksalsergeben auf seinen Teller. Ein Hund näherte sich ihm, ging mehrmals um den Tisch und schaute flehentlich und leise wimmernd auf ihn. Gerade in dem Moment, als Massoud sich umgedreht hatte, um ein Taschentuch aus der Seitentasche seiner Jacke zu nehmen und zugleich um den Jungen zu rufen, noch eine Dose Erfrischungsgetränk zu bringen, schnappte der Hund ein Stück vom Teller und ein Zweites rollte auf den Boden. Verbittert saß er schließlich vor nur zwei Stückchen Fleisch. Er aß sie, wischte den Rest verbrannten Fetts mit dem letzten Stück Brot vom Teller und aß es auch. Noch hungrig benetzte er seinen Zeigefinger mit der Zungenspitze und pickte damit die Krümel und die Sesamkerne, die auf dem Tisch verstreut lagen auf.

Mehr als dreißig Stunden war der Bus nun unterwegs. In Ankara setzte der Busfahrer ihn ab und gab ihm einige Moneten für seine Leistung.

Es war ein sonniger Nachmittag. Er fühlte sich elend fremd und überlegte lange, was er hier tun solle. In seiner Seele waltete eine ungeheure Unruhe. Er war von vielen Gedanken gequält und von Gewissensbissen überfallen. Wäre es nicht doch besser gewesen, wie seine Parteigenossen ehrenhaft zu sterben, als Taugenichts dahin zu vegetieren und nach einem inhaltslosen Leben zu betteln als Ausgestoßener, eine in fremden Ländern herumlungernde Niete, fast ein Schatten seiner selbst! Er stellte seine jugendliche Kraft in Frage. Er stellte etliches in

Frage, auch sein Dasein. Wie oft starrte er in den Himmel und sein Blick schien bis in die weitesten Galaxien die Wolken zu durchdringen, als wollte er den, der sich dahinter verbirgt, herausfordern. Diese Leere, diese Ohnmacht, diese Müdigkeit, die er vorher in der Masse nie gekannt hatte, lastete auf ihm wie eine bleierne Decke. Er griff nach der Zigarettenschachtel und fand darin nur noch eine zerdrückte Zigarette. Von nun an waren Zigaretten für ihn wichtiger als Nahrungsmittel. Sie nahmen ihm auch den Hunger weg, denn er musste mit dem wenigen Geld, das er hatte, sparsam umgehen. Eine Stunde verging und er spürte den Hunger wieder. Sein Magen knurrte und meuterte. Er konnte seine Revolte nicht beschwichtigen und machte sich auf die Suche nach einem Kiosk. An dem glühend heißen Nachmittag torkelte er wie ein Trunkener im Schatten der Häuser entlang. Er ging über einen Steg und die hölzerne Treppe knirschte und quietschte unter seinen schweren Schritten. In einem Lebensmittelladen kaufte er sich einen Laib Brot, Käse, etwas Obst und selbstverständlich Zigaretten. Dann hielt er auf der breiten Schwelle eines Bankgebäudes kurz Einkehr und aß bis er satt wurde. Anschließend rauchte er genussvoll eine Zigarette.

Es war nachts, in den ersten Stunden eines beginnenden neuen Tages, als er einen Bus nach Istanbul nahm. Im Bus lernte er einen netten Iraner kennen, dem er auch sein ungewisses Unterfangen offen legte. Er hieß Hadji Ali Jan und besaß ein kleines Reisebüro in Istanbul und während der Fahrt sagte ihm Hadji Ali Jan:

„Es gibt zwei Möglichkeiten, wie man nach Europa gelangen kann: Die erste ist über die Landesgrenze erst nach Griechenland zu kommen. Dort an dem Grenzdreieck Türkei, Griechenland, Bulgarien gibt es gefährliche Schienenwege von einer Länge von etwa einem Kilometer mit drei Tunneln an steilen Berghängen. Man muss unglaublich viel Glück dabei haben, nicht von einem Zug erwischt zu werden. Bekannt ist, dass die Züge durch diese Strecke nicht nach einem Plan fahren. Dieser Weg geht über die Gleise und muss in kürzester Zeit rennend überwunden sein. Denn jeden Moment kann ein Zug kommen und es gibt keine Ausweichmöglichkeit. Rechts ist die steile Bergwand und links ein steiler Abgrund. Man setzt alles auf eine Karte und riskiert dabei sein Leben. Es ist wie Russisch Roulett. Vor einer Woche zermalmte der Zug drei Flüchtlinge. Alle drei waren so jung wie du. Wenn du die drei Tunnels lebend überstehst, bist du schon in Griechenland. Übrigens: Hüte dich, mein Lieber, noch vor den griechischen Bauern, die an der Grenze ihre Felder bestellen, wenn du es geschafft hast; viele von denen arbeiten als Spitzel für ihre Regierung. Falls sie dich sehen, verraten sie dich bei der Grenzpolizei und die schickt dich wiederum zurück. In Athen hast du eine Adresse, wenn du dort ankommst. Ich werde sie dir aufschreiben und sie dir zusammen mit einer weiteren Adresse von einer Frau in Izmir geben, deren Mann dir vielleicht helfen kann, allerdings erst am nächsten Rastplatz. Von Griechenland aus nimmt man dich gegen eine Anzahlung mit noch cirka vierzig anderen entweder in einem Container mit, den man versiegelt, und nach zwanzig Stunden Schifffahrt wirst du auf einen Laster verladen, der die Container bis nach Frankfurt fährt. Nachts kommt jemand unbemerkt zu den Containern, öffnet sie und du gibst ihm dann das Restgeld und meldest dich bei der Behörde als Flüchtling beziehungsweise stellst den Asylantrag. Oder man drängt dich mit vielen anderen in ein ausgedientes schrottreifes Schlepperboot und man schickt dich nach Italien und von Italien aus kannst du dann die Grenzen bis nach Holland zu Fuß überqueren. So, die zweite Möglichkeit ist zu versuchen, Griechenland übers Wasser zu erreichen. Manche überqueren den dreihundert Meter langen Kanal zwischen der Grenze Türkei-Griechenland schwimmend, andere rudern mit einem Boot von der türkischen Grenze übers Meer zu einer nahe gelegenen griechischen Insel; und selbst da ist die Wahrscheinlichkeit erwischt zu werden oder zu ertrinken ganz groß."

Sie erreichten Istanbul in der Morgendämmerung und Hadji Ali Jan nahm ihn direkt zu einem günstigen Hotel mit, wo sich viele iranische Regierungs-Oppositionelle aufhielten, mit denen Massoud sich aber nicht näher einlassen wollte. In einem winzig kleinen Zimmer machte er sich von seinen Lasten frei und warf sich ganz müde auf das schäbige Bett und schlief wie ein Toter ein.

Als er erwachte, konnte er nicht gleich feststellen, ob es noch Morgen oder spätnachmittags war und wie viele Stunden er geschlafen hatte, wusste er auch nicht. Er rappelte sich aus dem Bett auf, das Gesicht ausgeschlafen und die Haare zerzaust. Vergeblich versuchte er vor dem Spiegel eine Haarsträhne zu glätten, die sich immer wieder nach oben ringelte. Eine Stunde später verließ er das Hotel und verlor sich in die Menschenströme dieser Metropole. An einem Grillimbiss kaufte er einen Döner mit frisch gepresstem Orangensaft. Messing und Elfenbein-Figuren neben Pipes, die eigentlich weiße, beturbante Köpfe von historischen Persönlichkeiten darstellen sollen, wurden den Touristen in Schaufenstern der Souvenirgeschäfte zum Verkauf angeboten, den Touristen, die unter den aufgehängten Kelimen auf Kissen saßen oder solche, die mit den jungen Geschäftsleuten feilschten. Vor einem Schmuckgeschäft im Goldbasar verharrte er, in die kleine

Vitrine starrend, zwei Sekunden lang, dann schritt er mit gebeugtem Rücken weiter, verzögerte die Schritte und kehrte zu diesem Geschäft wieder zurück. Er stand davor, seine Hosen- und Jacketaschen durchsuchend, holte einen schweren Goldring heraus und bot ihn dem Schmuckhändler feil. Der Mann nahm den Ring, prüfte ihn erst in der Hand wiegend, dann wog er ihn mit seiner kleinen Messingwaage und bot Massoud einen Betrag an. Massoud lehnte zuerst ab und verlangte dann noch ein Drittel des angebotenen Preises mehr. Der Händler war sofort einverstanden. Er kassierte den Betrag in Dollar und ging schlendernd zufrieden weiter. In dem Schwarm der Massen schwebte seine Seele zeitlos. Im Nachhinein erinnerte er sich, dass er eine Schiffsfahrkarte von einem Jungen gekauft hatte, um auf diesem Ausflugsdampfer die nahe gelegenen Inseln ein bisschen zu erkunden. Das Schiff saugte ihn in seinen Bauch, wie auch alle anderen Passagiere. Er setzte sich auf eine Bank, schwärmend in die Ferne blickend, wo das Meer grenzenlos in den rosa Himmel überfloss. Ein Babyschrei lenkte seinen Blick ab. Eine Mutter trug ihr Wickelkind wiegend und tröstend in den Händen. Ihm fiel auch das pausbäckige Gesicht eines kleinen Mädchens auf, das ernsthaft mit einer Puppe in Form einer eleganten Blondine spielte. Es glättete ihr Haar, hielt zwischen zwei Fingern eine Spange, klappte sie einmal nach rechts und einmal nach hinten, zwirbelte sie oder flocht einen Zopf. Es legte die winzigen Kleider zurecht, kleidete seine Puppe um, packte das Röckchen, das Jäckchen und das Mäntelchen sorgfältig in seine Handtasche. Es spielte vermutlich die Mutter oder wünschte sich, später einmal so hübsch wie die Puppe auszusehen. Teigige Gesichter alter Frauen hörten plötzlich auf zu plaudern, blickten liebevoll auf das kleine Mädchen herunter und tauschten ein Lächeln miteinander, was das Kind aus seiner Ernsthaftigkeit herausriss, da es bemerkte, dass es selbst zum Mittelpunkt des Interesses und der Aufmerksamkeit wurde. Der Anblick war von so einer Niedlichkeit, dass er bei ihm den Wunsch erweckte, selbst ein Kind zu haben. Andere Kinder tobten vergnügt in den Gängen zwischen den sitzenden Passagieren herum. Ein Junge mit einem Jeansanzug, der ihm schräg gegenüber saß und ab und zu einen Dackelblick auf ihn warf, hörte gerade auf, an einer Tafel Schokolade zu nagen und der Knabe, der die ganze Zeit freudig herumgesprungen war, stopfte seinen Mund mit Poppkorn voll. Ein zierlich gebauter Blinder, geführt von einem jungen Mann, erschien, setzte sich auf eine Bank, holte seine Laute aus dem Beutel und begann zu singen. Sein Führer, ein junger Mann, stand auf, um für ihn Spenden mit einem Strohhut zu sammeln. Auf der Insel angekommen, ging er spazieren und bewunderte die Idylle dieses Ortes. Schöne Restaurants, Hotels und Geschäfte verzierten die

Straßen und Alleen, die von Villen und schönen Häusern umsäumt waren. Nur Kutschen fuhren durch die Strassen. Es waren keine Autos zu sehen. Der Ort dünkte ihm wie auf einem anderen Planeten und alles, was er sah, kam ihm vor wie ein Traum. Er hielt sich circa eine Stunde dort auf und erfuhr, dass die Insel Büyük Ada hieß. Immerhin, er vergaß in diesen Momenten seine Sorgen und kostete das Gefühl der Glückseligkeit. Er war wieder auf dem Transportschiff; diesmal von Büyük Ada in Richtung Sirkeci in Istanbul. Er legte die Hand auf die Reling, den Körper auf den Ellenbogen stützend und blickte sinnend ins weite Meer, ließ den erlebten Tag Revue passieren und vor ihm zeichnete sich entlang des Horizonts das Panorama des Goldenen Horns mit den prächtigen Moscheen und vielen lanzenartigen Minaretten gegen das rotgoldene Blendlicht der langsam untertauchenden Sonne ab. Aus der Ferne kam das Tuten und das dumpfe Dröhnen der Motoren von größeren Schiffen, die ein Teil der kolossalen Kulisse für sich beanspruchten. Möwen kreisten schreiend über tuckernden Fischkuttern und schnappten die weggeworfen Essensreste im Flug und ließen gelegentlich auch ihr Käckchen fallen. Derbe Männer warfen ihre Netze ins Meer. Die geriffelte Oberfläche des tiefblauen Wassers glitzerte metallisch, wie von Glasspiegelsplittern übersäht. Eine Glasflasche schaukelte frei an einer Stelle und ein undefinierbarer schwarzer Körper war der Willkür der Wellen ausgeliefert. Ein Transportschiff näherte sich dem Ufer. Am Kai entlang reihten sich abwechselnd noble Kandelaber und Platanen. Dort hinten zogen sich die Ruinen der alten Stadtmauer des antiken Konstantinopel und trennte die Hagia Sophia und den Topkapi Palast vom Meer. Die Wellen schlugen an die mit Algen halb bedeckten glitschigen großen, dunklen Felsbrocken, die am Ufer entlang aufgeschüttet waren, und am Kai schwankten festgemachte Fischerboote hin und her. Über der von Bäumen überwucherten bröckeligen Stadtmauer und über verfallenen Hausdächern ertönten gelächterartige und babyartige Schreie der Riesenmöwen. Langsam legte das Schiff an und die Passagiere drängten nach draußen und mischten sich mit der großen Menge. Man kann sagen, dass das Schiff sie ausspie und sich von ihrer Last erleichterte. Nachdenklich und mit langsamen Schritten schlenderte er den Kai entlang. Gelegentlich hob er den Kopf und schaute beifällig auf die von Passagieren vollbeladenen Schiffe und Fähren, die das Goldene Horn überquerten. Eine Reihe von Hobby-Anglern versuchte ihr Anglerglück und kleine Fische zappelten noch in ihren Kübeln. Von einem Jungen kaufte er ein Simiet und eine Stranize gesalzener Kürbiskerne und begann daran zu nagen und zu knabbern. Mit den Ellbogen stützte er sich auf die Balustrade eines großen Gebäudes und vor ihm trieb der rege Schiffsverkehr. Die Sonne verschwand hinter dem Horizont und es wurde langsam dunkler.

Am Tag danach, nachdem er die Landkarte der Türkei studiert hatte, steckte er das Nötigste in seine taschenreiche Jacke, ließ den alten Koffer zurück und verließ das Hotel. Er erkundigte sich, wie er nach Izmir kommen könnte und nahm den Bus dahin. Diesmal war der Bus von nur wenigen Insassen besetzt, die über die Plätze verstreut saßen. Also entschied er sich, und zwar ganz allein und ohne fremde Hilfe, das Wagnis auf sich zu nehmen und übers Meer zu einer der nahegelegenen griechischen Inseln zu rudern.

In Izmir angekommen, ging er gleich zu der Adresse der Frau, die ihm Hadji Ali Jan gegeben hatte. Nun stand er vor einer metallenen Tür, die sperrangelweit offen stand und zum Eintreten einlud. Er klingelte und ein kleines Mädchen mit zersausten Haaren war sofort da, sah ihn, drehte den Kopf zur Seite und rief:

„Mama; Mama. Da ist ein Mann, der will dich sprechen"

„Lass ihn eintreten. Er soll im Gästezimmer warten", ertönte die Stimme der Mutter aus dem kleinen Hintergarten. Er trat ein und wartete und das Mädchen rannte wieder zu seiner

Mutter. Aus dem schmalen Gardinenspalt des Gästezimmerfensters konnte er gerade noch die Mutter sehen. Sie hockte gebückt, den Kopf waschend, vor einem kupfernen Zuber, die Gießkanne in der Hand und ihr langes Haar hing triefend über dem Waschzuber und verbarg Gesicht und Decolleté. Sie tastete nach einem Handtuch, das auf einem kleinen Hocker lag, ergriff es, trocknete ihr Haar und kämmte es. Mit einer ruckartigen Kopfbewegung warf sie es über den Nacken und kam zu ihm. Sie grüßte und entschuldigte sich zugleich und schien mit solchen Fällen wie dem seinem vertraut zu sein. Als sie sein Anliegen angehört hatte, bat sie ihn später noch einmal herzukommen, weil ihr Mann noch bei der Arbeit war.

Irgendwo kaufte er sich ein Döner Kebab und danach wollte er in all der Gedankenwirrnis über seine ungewisse Zukunft in Muße ein Gläschen Tee trinken. Er ging in ein Café, das an der Ecke einer Straße und eines belebten Platzes lag und bestellte einen Tee. Perlmuttern schimmerten die Intarsien aus Elfenbein und Muschelschalen eines orientalischen Backgammons, das mit Ornamenten und Arabesken geschmückt war und neben ihm zusammengeklappt auf einem scharlachroten alten Hocker lagen. Ebenso orientalisch war die Mosaik-Bordüre ornamentiert, die das Weiß der Decke von den darunter befindlichen himmelblauen Kacheln der Wände trennte und in Kopfhöhe um die sitzenden Cafégäste herumlief. Seine Ellenbogen ruhten auf einem kleinen Tisch an dem großen Fenster. Bevor er einen Schluck Tee nahm, betrachtete er im Glas des Fensters sein Antlitz, das sich darin spiegelte. Er schlug die Beine übereinander und hielt den Kopf zwischen den Händen gestützt. Am Fenster donnerten heulend und zischend Lastwagen vorbei und brachten das halbgeleerte Gläschen Tee vor ihm auf dem Tisch zum Zittern. Aus seiner Perspektive betrachtete er das Profil eines Schneiders auf der gegenüberliegenden Straßenseite. Der saß dort, die Brille auf der gekrümmten großen Nase, die Lampe über den hantierenden Händen leuchtend, und eine Katze hinter der Glasscheibe blickte auf die Straße. Die überwältigende Hektik der Straße drang durch die offenen Fenster. Er schweifte mit dem Blick über Wände und hielt sich kurz bei der Leiche einer Spinne auf, die im Fensterrahmen lag. Zwischen und um alle vier Pfeiler und an den Wänden saßen die Gäste, die ausschließlich nur Männer waren, entweder sich unterhaltend oder versunken in Domino- und Backgammon-Spiele. Andere lasen Zeitung oder rauchten seelenruhig ihre prachtvoll verzierten Wasserpfeifen mit der Abbildung eines Sultans auf der Wasserflasche. Andere ließen die Perlen der Gebetskette zwischen Daumen und Zeigefinger zählend hindurchgleiten. Ein gebrechlicher alter Zeitungsverkäufer oder ein kleiner Knabe als

Schuhputzer oder der Junge, der die Glut für die Wasserpfeifen gerade wechselte, riss sie gelegentlich aus ihrer Versunkenheit. Der Kellner, ein Mann mit einem über den Hosengürtel hängenden Speckwulst, trug die heißen Getränke mit angewinkeltem Arm auf einem Tablett hoch oben über den Köpfen und verteilte sie schwatzend unter den Gästen. Ein kleiner Mann in weißem Kaftan und mit Charlie Chaplin-Physiognomie amüsierte sich mit drei Jungen in Arbeitskleidung. An einem der Pfeiler saßen zwei Männer mit bronzenem Teint. Ihre Gesichtszüge waren scharf und streng. Die starren Adleraugen glänzten schwarz und waren auf den frisch polierten, dampfenden Samowar in einer Kochnische fixiert. Ein anderer alter Mann mit osmanischer Mütze holte sich selbst seine Wasserpfeife und setzte sich zu seinen Gefährten. Noch ein anscheinend altgedienter Beamter bezahlte seine Zeche, hustete schwer und schleimig, warf den Zigarettenstummel auf den Boden und zertrat ihn vor der Tür, spuckte angewidert aus und verließ das Café. Geschwätz und Gemurmel mischten sich mit dem Teearoma, dem Dampf und dem Wasser-pfeifenrauch und machten das orientalische Ambiente vollkommener. Durch das Fenster sah man den brodelnden Platz, voll mit eilenden Leuten, Straßenverkäufern und regem Autoverkehr. Er hatte irgendwie das Gefühl sich am Leben satt sehen zu wollen.

"Wisst ihr", sagte ein iranischer Tourist, der nicht sehr weit von ihm saß, zu seinen drei Freunden, nachdem er sich zum Tisch beugte, "dass die türkischen Sultane sich von Seim, Kaviar, Pistazien, Trüffeln und Spatzengehirnen ernährten?" Er sprach das `s´ etwas pfeifend und alle hörten sich seine Erzählung an und wunderten sich: "Menschenskind! Da müssen sie ja ganze Spatzenschwärme geschlachtet haben für ein einziges Abendmahl, nicht wahr?", erstaunte sich einer seiner Freunde.

"So war es", sagte er, nachdem er seinen Kaffee bis zur Neige geschlürft hatte und nun das Schälchen vor sich hielt und den Kaffeesatz betrachtete. "Habt ihr nicht gehört von den in Südamerika beheimateten Ameisenbären, die am Tage ganze Völker und Kolonien von Ameisen vernichten, um sich satt zu bekommen oder von den Meeresriesen, den Pottwalen, die sich von Mikroorganismen und Plankton ernähren, indem sie Unmengen von Meerwasser schlucken und es filtrieren? So waren anscheinend auch die türkischen Sultane." Ein Neuankömmling mit den Zügen eines Truthahns, mit Buch-haltungsheften unter dem Arm machte vor der Tür Halt, drehte das Gesicht zur Seite, nahm seine Nase zwischen Daumen und Zeigefinger und schnäuzte sich prustend mit einem Taschentuch. Er drehte Massoud den Rücken zu und ignorierte ihn. Er stand eine Weile Massoud den Blick versperrend da und unterhielt sich mit seinen Leuten. Inzwischen war Massouds Bein eingeschlafen, er streckte es aus und machte Wiederbelebungs-versuche. Was er ringsum hörte, klang unwirklich in seinen Ohren oder er schien es gar nicht zu hören, weil die Dinge ihm zu fern lagen. Plötzlich kam ihm alles seltsam vor, so als hätte er diesen Moment schon einmal erlebt oder geträumt. `Könnte ich vielleicht ein Vorleben gehabt haben?´ fragte er sich. `Ich glaube nicht an die Wiederkehr der Dinge, zumindest nicht an ihre absolute Wiederkehr. Warum nicht? Ja eben darum, weil alles sich wiederholt haben könnte, auch der Moment dieses Besinnens, und das ist nicht nur unmöglich, sondern auch unwahrscheinlich´. An seinen verträumten Augen und an dem Ausdruck seiner ernsten Miene konnte man leicht seine tiefe Nachdenklichkeit und Abwesenheit ablesen.

`Wieso bin ich hier?´ begann er sich zu fragen. ´Was tue ich eigentlich hier? Ich kenne diese Menschen alle nicht´! Er sah sich plötzlich als eine aufgedunsene bleiche Leiche, die von den Wellen getragen und hin und her bewegt wird. Abscheu und Ekel stiegen ihm in der Seele empor. Die Ohnmacht kurz vor einem ungeheuren Wagnis weichte ihm die Knie. `Es ist auch ein äußerst riskantes Unterfangen, das, was ich vor habe´, dachte er. `Nimm dich zusammen Massoud. Raff dich auf und hab

Selbstvertrauen; du hast es selbst gewollt. Außerdem wartet die Belohnung auf dich´, versuchte er sich zu trösten und sammelte seine Kräfte wieder. Mit diesen Gedanken verließ er das Café und nahm den Weg zu dem Haus der Frau von vorher wieder auf. Dort traf er ihren Mann, der noch in seinem blauen Arbeitskittel war. Er war ein kräftiger gutgebauter Mann, Mitte vierzig.

"Ich wäre Ihnen sehr dankbar, wenn sie mich zu einer Küstenstelle bringen, die ganz nahe bei einer der griechischen Inseln liegt. Oder Sie können mich mit einem Bootsbesitzer, der mich hinüberbringt, bekannt machen", sagte Massoud zu ihm.

„Lieber Herr, diese Kleinfischer und Menschenschlepper werden von dir viel Geld verlangen und außerdem sind viele von diesen Leuten Gauner. Auf sie ist kein Verlass", sagte der Mann.

„Dennoch - ich habe keine andere Wahl. Ich muss dort hin".

Sie fuhren mit dem Bus zu dieser Stelle. Sie stiegen aus und gingen den Strand entlang.

"Hier ist so eine Stelle, die ganz nahe bei Griechenland ist, allerdings glaube ich kaum, dass du es je allein schaffen wirst. Ich glaube, du würdest nur als Leiche dort ankommen. Ich kann dir nur viel Glück wünschen."

„Mir bleibt nichts anderes übrig", sagte er ihm.

„Ich kann dir nur abraten und ich würde an deiner Stelle das Vorhaben noch mal gründlich überdenken", sprach der Mann auf ihn ein und zeigte auf ein Caféhaus´, wo Kleinfischer und Schleuserbanden verkehrten, nahm etwas Geld von Massoud und verabschiedete sich.

Massoud machte sich auf etwas gefasst, was über die Grenze der menschlichen Vorstellungskraft hinaus ging und sprach sich viel Mut zu. Aber er hatte nicht die leiseste Ahnung, was in den folgenden Stunden auf ihn zukommen würde. Jedoch war eine innere Kraft in ihm, die ihm jedes Mal den Glauben schenkte, er könnte über seinen Schatten springen. Eine Kraft, die nicht nur aus dem schieren Leichtsinn der Jugend entsprang, sondern auch aus purer Verzweiflung. Er stand einige Minuten lang vor dem Café. Am Ufer waren viele Barkassen, angebunden und mit dicken Schlössern versehen. Er hatte es auf eine abgesehen, und selbst die war gesichert, wie er bei näherem Nachsehen feststellen konnte. Er ging den Strand etwa einen Kilometer südlich entlang und fand sich dort mutterseelenallein. Vom kühlen Abendwind bekam er eine leichte Gänsehaut, er krempelte seine Hose kniehoch und ging barfuss entlang der Linie wo die Wellen abklangen. Der Sand fühlte sich unter seinen Füßen ziemlich feucht an. Da lagen angespülte Muscheln und farbige Glasscherben, sie glänzten sauber und farbintensiv wie Edelsteine. Dort lag ein Bootsgerippe schief und halb begraben im Sand. Möwen posierten auf ihm. In der Ferne spielten die Wogen mit einem Schiff. Ein kleines Boot nährte sich der Spitze einer kleinen Landzunge. Es stiegen zwei Leute aus, die ihn misstrauisch ansahen. Sie banden ihr Boot mit einem Tau um einen Stein. Er wandte den Blick von ihnen sofort weg und tat so als wollte er weiter gehen, denn sie könnten doch erraten, was er im Schilde führte. Herausfordernd blickte er das Meer an. Nachdem er sich vergewissert hatte, dass die beiden fort waren, sammelte er seine Kräfte, schritt rasch zum Boot, band es los und schob es ins Wasser. Er wickelte seine Jacke in eine Plastiktüte, warf sie ins Boot, sprang hinein und begann hastig zu rudern. Aber das Boot schwankte und drehte sich einmal um sich selbst. Er fürchtete Zeit zu verlieren und dass die Eigentümer zurückkehren und ihn ertappen würden. Das Boot glitt hinaus aufs Meer und er fand sich plötzlich im Dunkeln eingebettet mitten darin. Das Meer war zum Glück einigermaßen ruhig, so als hätte es Mitleid mit ihm. Sanfte Wellen hoben ihn hoch und warfen ihn sehr weit und er ruderte und ruderte und das Ruder rieb an seinen Händen und das salzige Wasser brannte die Haut und machte ihn auch noch durstig. Still und zähneknirschend litt er Schmerzen. Er sah nur glitzernde Sterne am Himmel, einige Lichter am dunklen Horizont und auf dem Wasser, und sah sich mutterseelenallein mitten darin rudern. Die kolossale Größe eines vorbeifahrenden Güterfrachters am dunklen Horizont wirkte auf ihn Ehrfurcht einflößend und er kam sich winzig klein und verloren vor. Plötzlich drohten die Wellen, die von diesem Meerriesen verursacht waren, das Boot zwei Mal zu kentern und er hatte Todesangst. Zum Glück warfen ihn die Wellen mehr in Richtung des griechischen Festlands. Einige Stunden waren inzwischen verstrichen und er war immer noch am Rudern. Ab und zu gönnte er sich eine kleine Pause und ließ das Boot von den Wellen treiben, aber der marternde Durst war sehr schwer zu ertragen. So logisch das Leben für ihn in seinen Abläufen bisher erscheinen mag, so paradox offenbarte es sich hier. Mitten im Meer, von so viel Wasser umgeben und doch so durstig, wie er es noch nie erlebt hatte, oder mitten unter so vielen Menschen und doch einsam. So wie er sich oft in letzter Zeit in der Fremde gefühlt hatte. In den schon vom Austrocknen wulstig gewordenen Lippen bildeten sich die ersten Risse. Mit erstaunlicher Hartnäckigkeit begegnete er seiner Angst. Die Angst schlug in Entsetzen um. Verbissen ruderte er weiter und weiter. Von weitem sah er die Silhouette eines Schiffes.

Wogen, verziert von Schaumkronen, eilten ihm entgegen und warfen ihn immer wieder zurück. Plötzlich sah er vor sich ein Licht, ein flackerndes Licht und er dachte, es wäre ein Stern. Oder vielleicht war es doch eine Lichtfunzel der Hoffnung. Aber je mehr er sich ihm näherte, desto größer wurde es. `Ist es nicht ein Leuchtturm?´ Er sammelte seine ganzen Kräfte und sagte sich: `Ich muss unbedingt dorthin!´ Und noch ein paar Stunden vergingen. Insgesamt waren es vielleicht acht oder neun Stunden, so genau wusste er es nicht. Langsam begann er zu fühlen wie seine letzten Kräfte am Schwinden waren und ihn ganz zu verlassen drohten. Er hob den Kopf zum Himmel und rief zwei Mal: „Ich kann nicht mehr". Der Himmel begann sich zu erhellen und er konnte besser sehen. Plötzlich war Land in Sicht und er dachte, er halluziniere. Er rieb die Augen und sperrte sie noch weiter auf, es war tatsächlich Land, und schon in greifbarer Nähe. `Es musste eine der griechischen Inseln sein!´ Sein Herz begann zu rasen und er raffte sich noch mehr auf. Er sah dunkle Felsen und näherte sich ihnen und plötzlich schlug sein Boot an einen der Felsen und ein Flankenbrett zersplitterte zum Teil. Mit viel Mühe und breitbeinig stieg er aus dem Boot, das von nun an der Willkür und den Launen der Brandung ausgeliefert war. Ganz steif kletterte er über die Felsen und er konnte es nicht glauben, dass er aus einem der Häuser die griechische

Flagge herausragen sah. Er schrie innerlich, von einer seltsamen Freude, einer Euphorie erfasst: `Ich bin ein Held!´ Seine Seele schwebte in der Luft und blickte auf alles herab. Er vergaß seine Schmerzen, seinen Durst, ja sogar seinen Körper. Siegesgewiss wie ein Gladiator in einer Arena, die von zujubelnden Menschenmassen gefüllt ist, schritt er landeinwärts in Richtung einer Kapelle, deren Kreuz leuchtete. Aus einer halbdunklen Stelle begann ihn ein Hund anzubellen. Das Bellen hallte an Wände und wollte nicht aufhören. Als er sich der Kapelle näherte, sah er auf einer Schwelle noch einen schwarzen Kater. Der Kater krümmte den Rücken, sein Fell sträubte sich und er fauchte ihn an. Rechts und links von der Schwelle erstreckten sich mit Efeu bedeckte, schäbige Wände, deren Putz an einigen Stellen abgebröckelt war und die rostrote Farbe der Ziegelsteine entblößte. Er ging vorbei an vergitterten Fenstern in romanischem Stil, neben denen amphorenförmige Blumentöpfe aufgestellt waren. Aus einem der Fenster vernahm er das Lustgestöhne eines sich vergnügenden Ehepaares und auf dem Sims einer Nische an der Kapelle, wo Jesus Christus im Profilfresko mit halboffenen Augen und gemarterter Miene auf ihn herabblickte, standen flackernde Kerzen und eine kleine Schüssel voller Regenwasser; es könnte auch Weihwasser gewesen sein, auf das er sich stürzte. Dann nahm er sein zerrissenes Hemd vom Leib und wrang die patschnassen

Ärmel aus und zog es wieder an, danach die Jacke. Er faltete die Hände unterm Kinn, kniete nieder und flüsterte inbrünstig sein selbstverfasstes Gebet: `O! Ihr Heiligen, o! Jesus Christus, obwohl Du nicht der Chef meiner Religion bist und ich Atheist bin, danke ich Euch sehr´. Ihm fehlte jetzt nur noch eine Zigarette, aber die Schachtel war zum Teil nass. Es war kühl und feucht. Das erste Vogelgezwitscher meldete den Beginn des Tages. Er zündete sich nach mehreren vergeblichen Versuchen dann doch eine Zigarette an und setzte sich auf die Schwelle der Kapelle. Der Hund hinter dem Zaun eines kleinen Hauses hörte nicht auf zu bellen. Es war keine Menschenseele da. Nach einer Stunde wurde die Luft allmählich lauer und angenehmer. Er ging weiter und klopfte an eine der Türen, aber niemand machte ihm auf. Dann erschien ein Auto mit zwei jungen Leuten. Er stoppte es und bat sie, ihn zur Polizei mitzunehmen.

Im Polizeirevier wurde er festgehalten, denn sie wollten wissen, wie er hierher gekommen war. In Englischkauderwelsch versuchte er, es ihnen zu erklären; allerdings halfen Worte ebenso wenig wie Gestik. Und sie brachten ihm einen kurdischsprachigen Dolmetscher und nur mit Mühe konnte er sich mit ihm verständigen. Keiner hielt seine Geschichte für wahr. Bald darauf nahmen ihn zwei Beamte in Zivil zu einem Gebäude mit und hielten ihn dort unter Arrest. Der Raum hatte nur eine einfache Bank und eine kleine runde Luke mit dem Blick zum Meer. Ein dicker Nagel an der Wand diente als Kleiderhacken und eine sechzig Watt Birne ohne Schirm hing von der Decke. Die an den Wänden klebende Tapete hatte sich der Feuchtigkeit wegen an mehreren Stellen von der Wand gelöst. Da lagen auf dem Boden auch einige mit Lippenstiftfarbe befleckte Zigarettenstummel. Voller Erregung schritt er im Raum auf und ab, denn er hatte die Befürchtung zurückgeschickt zu werden. Später brachte man ihm etwas zum Essen und danach kam der Dolmetscher wieder mit einem Offizier und anderen Polizisten. Sie verlangten von ihm, in ein Auto einzusteigen und ihnen die Stelle und das Boot zu zeigen, wo er gestrandet war. Dorthin ging er mit ihnen und zeigte ihnen die Stelle. Inselbewohner hatten das Boot bereits aus dem Meer gezogen. Sie bildeten einen Halbkreis um ihn und waren alle erstaunt und einige applaudierten ihm: „bravo, bravo". Dann nahmen die Polizisten ihn wieder mit zu einem weiteren Verhör und zum Fingerabdruck und fertigten für ihn Papiere an, die eigentlich von der Zentrale in Athen unterschrieben werden sollten und er erhielt im Namen einer humanitären Organisation einen Betrag als Unterhaltsgeld. Er bat sie, die Verletzungen an seinen Händen und die Schrammen an den Waden, die er sich beim Rudern geholt hatte, zu behandeln und so nahmen sie ihn in einem kleinen Ambulanzwagen zu einer Klinik mit. Am Nachmittag nahm ihn ein Polizeibeamter in Zivil mit zu einem Schiff und teilte ihm mit, dass die Kollegen in Athen auf ihn warten würden. Auf dem Schiff wimmelte es von Touristen und Einheimischen und in dem Schiff konnte er sich frei bewegen. Wegen seiner ungepflegten Erscheinung fiel er sofort auf und wurde gemieden. Er lehnte sich an die Reling und betrachtete das Tanzen der Wellen und hörte ihr Tosen samt den grellen Schreien der Vögel, bis er merkte, dass die Müdigkeit von ihm Besitz ergriffen hatte und er das Deck verließ und in seine Schlafkabine verschwand. Das Schiff fuhr los und legte weiterhin an jeder Insel an. Erst am nächsten Morgen in der Morgenröte erreichte er Athen. Mit Mühe musste er sich aus dem Kabinenbett erheben. Sämtliche Muskeln seines Körpers taten ihm weh. Dort auf dem Kai warteten zwei Polizisten in einem Polizeiwagen auf ihn. Sie nahmen ihn zum Hauptrevier mit. Sie ließen Fotos von ihm machen, brachten ihn in ein Hotel und sagten ihm, er solle am nächsten Tag wieder kommen, um den Duldungsnachweis abzuholen. Eine dreimonatige Duldung mit der Auflage, für den Unterhalt selbst aufzukommen, andernfalls würde eine Wohlfahrtorganisation für ihn sorgen, und der Bedingung, nach ihrem Ablauf das Land unverzüglich zu verlassen. In dieser großen Stadt fühlte er sich wie verloren. Er kannte niemanden und weder ihre Sprache und noch weniger ihre Schrift und gewöhnte sich daran, Stimmen zu hören, die er gar nicht verstand. Bestenfalls halfen ihm bei der Kommunikation seine gut angebrachten Gebärden und sein schwaches Englisch. In der Flut der Worte in einer für ihn unverständlichen Sprache badete sein Dasein wie eine schwimmende Boje. In der Stadt der Götter und Philosophen erheben sich auf Anhöhen noch stolz und majestätisch antike Ruinen von Tempeln und Palästen. Sie bezeugen eine längst vergangene Epoche der Blüte. Tauben picken, gurren oder flattern über den Köpfen der um einen großen und schönen Brunnenplatz versammelten Menschen. Ein friedlicher Anblick, den er so sehr und lange vermisst hat. Er hatte keinen Appetit, obwohl er seit dem letzten Abend nicht mehr gegessen hatte. Ein Hauch von gebratenen Zwiebeln öffnete die Tür zu seinem Magen. An einem Imbiss hielt er und kaufte sich einen Gyros. Nachdem er das Zentrum der Stadt gut erkundet hatte, richtete er seine Schritte stadtauswärts. Auf den von Menschen gefüllten, breiten Straßen und im Glanz und Glitzern und zwischen den hohen Gebäuden und prachtvollen Hotels kam er sich unbedeutend und fremd vor. Nach einem zweistündigen Marsch kam er erst an einem Rotlichtmilieu, dann an einem hohen Schornstein vorbei. Dort hinter einer riesigen verlassenen Industrieanlage und neben einem Autoschrottplatz war eine Mülldeponie. Seine Füße führten ihn willenlos dort hin. Auf der Müllkippe glitzerte ein Haufen Glasscherben, da lud ein Laster oder ein Eselstreiber einen schwer definierbaren Abfall ab. Von Staubwolken verhüllt arbeiteten zwei Bagger. Möwen schrieen und pickten überall, Raben stolzierten vereinzelt herum. Um die Müllablademulde herum war allerlei Abfalls zerstreut und daneben türmten sich Pyramiden von verschiedenfarbigem Sand und Kehrichtsgut. Fast immer stolperte man über irgendetwas, waren es Blechdosen, Stangen oder dreckige Holzbretter. Irgendwelche schattenhafte Gestalten machten ihre tägliche Ausbeute. Sie lasen irgendetwas aus, taten es in Säcke oder sie trugen noch verwendbare Einrichtungsgegenstände auf den Schultern fort. Vermutlich waren es Nichteinheimische oder Stadtstreicher, sie lebten vom Wühlen im Müll. Von einem Geschmeiß harmloser kleiner Insekten ward man sofort befallen und umsummt, feucht-dumpfe, leicht stechende Gerüche stiegen einem in die Nase. Man sah noch die Silhouetten von Obdach-Provisorien aus Blech und Pappkarton an einer langen Mauer, die lückenlos mit Graffitizeichnungen übermalt war. Die "Romantik" dieses Ortes stieß ihn ab und er wanderte langsam wieder zurück zu seinem Einsternhotel.

Erst in den nächsten Tagen verließ er das Hotel, denn er hatte zwei Afghanen kennen gelernt, die mit ihm das gleiche Schicksal teilten und durch sie wurde er über vieles, wovon er keine Ahnung hatte, aufgeklärt. Mehr als drei Monate arbeitete er gemeinsam mit ihnen als Gehilfe auf einem Fischkutter und half auch bei der Tankerreinigung von Öltransportern und zum Schluss landete er in einer Autoentwertungsanlage. Er schlief immer dort, wo er arbeitete und nur so konnte er sich Geld sparen. Am Ende beschloss er, dieses Land zu verlassen und ließ sich von einem Afghanen gegen Bezahlung einen falschen italienischen Diplomatenreisepass geben mit dem Namen Roberto Mariano Costo. Dazu lernte er erstaunlich schnell einige Sätze Italienisch. Dann kaufte er sich bei einem Secondhand-Laden einen anständigen Anzug, einen Mantel und einen Diplomatenkoffer und ging zum Athener Hauptbahnhof. Dort kaufte er eine Fahrkarte nach Zagreb und stieg in den richtigen Zug ein.

Der Zug fuhr an Dörfern vorbei, durch Tunnel, Landschaften, Berge und Täler, die ihn zum Teil an seine Heimat, wenn sie ihm auch zu gepflegt und ordentlich vorkamen, erinnerten. An Grenzübergängen gab er sich als ein italienischer Diplomat aus und sein zum Teil sizilianisch anmutendes Aussehen half ihm auch noch dabei. Wenn er gefragt wurde, antwortete er auf

Englisch und vermied geschickt jedes Gespräch mit den anderen Passagieren. Je weiter der Zug nach Norden kam, umso hellhäutigere Passagiere stiegen ein und aus. Hin und wieder rührte ihn das Gefühl des Fremdseins und des Ungewissen und stimmte ihn melancholisch. Seine Beine schlug er einmal übereinander und fragte sich, warum er diese Bewegung eigentlich getan hatte, obschon kein Bedarf für sie bestand. Ach ja, er wollte dem Mann, der neben ihm in einem aufgeschlagenen Buch lesend saß, eine Gefälligkeit erweisen und ihm etwas mehr Bewegungsfreiheit verschaffen. `Wer ist dieser Mann?´, fragte er sich, `Was liest er? Wer sind diese Menschen überhaupt? Wo fahren sie hin? Wieso bin ich hier? Warum bin ich nicht in meiner Heimat´ Er war den Tränen nahe, senkte den Kopf und hielt die Hand vor das Gesicht und wischte mit dem Daumen die feuchten Augen ab.

Von Zagreb aus nahm er den Bus Richtung München. Um Mitternacht erreichte der Bus die slowenisch-österreichische Grenze. Nachdem er die slowenische Kontrolle passiert hatte, stiegen zwei österreichische Passkontrolleure in den Bus ein. Einer von ihnen schöpfte aus Massouds mittelasiatischem Aussehen sofort Verdacht. Dunkelschwarze lockige Haare und ein rundes Gesicht mit erhöhter breiter Stirn erweckte doch den Zweifel, nicht Italiener zu sein. Er verlangte von ihm den Reisepass, nahm den Passport zur

Hand, prüfte ihn mit geschulten Augen und fragte ihn auf Italienisch:

„Conosci qualcuno in Austria?" Was so viel heißt wie, ob er Jemanden in Österreich kenne. Massoud´s Gesicht wurde rot und er sagte spontan:

„Si, si Italiano."

Der Polizist wiederholte seine Frage auf Italienisch und Massoud blieb erst stumm, dann aber sagte er kleinlaut: „I´m on bussiness here"

Der Polizist bat ihn auszusteigen und nahm ihn zum Revier mit. Dort ließ er ihn in einem kleinen fensterlosen Raum warten und ging mit dem Reisepass in der Hand einen Kollegen mit guten Englischkenntnissen holen. Massoud nutzte sofort die Gelegenheit aus, streckte seinen Kopf aus dem Zimmer, vergewisserte sich, dass sich niemand im Gang und im benachbarten Zimmer befand, sprang aus dem halboffenen Fenster des Nebenraums und floh weg ins Dunkle. Er rannte mit dem Diplomatenkoffer in der Hand so schnell er konnte und zwar erst durch Gestrüpp und einen Tannenwald, dann kletterte über Felsen und einen kleinen Hang hinab. Nach einer Weile hörte er die Pfiffe der Polizisten und danach die Sirene ertönen. Sein Weg war steil, gefährlich und unwegsam, allerdings bot sie ihm eine ganze Menge Versteckmöglichkeiten. Beim

Klettern verlor er die beiden Schuhe und die Socken wurden mit der Zeit patschnass und zerrissen. Plötzlich befand er sich auf einem flachen Eisboden. Die Füße fast nackt und die Eiseskälte bereiteten ihm unerträgliche Schmerzen. Zähnefletschend empfing ihn die gespenstige schroffe Landschaft. Zähneklappernd begegnete er ihr. Er holte den Rest seines Muts aus der Reserve und weder Schmerzen noch eisige Kälte konnten ihn von seinem Vorhaben abhalten. Leichtfüßig begann er zu springen, zu trippeln, mit offenen Armen sich zu drehen und zu hüpfen, dann wieder sprang er, trippelte, drehte sich, hüpfte und gab somit seiner Bewegung einen Rhythmus. Er flog tanzend wie der Vogel "Sekretär". Urtöne trällernd vergaß er sich. Der Schmerz wurde zur Ekstase und das mitten in der Nacht, in den stillen Stunden der Alpen, in der Fremde, wo keine Seele in seiner Nähe war; dort wo kein Mensch ihn verstand oder störte, fern von seiner Heimat. Es dünkte ihm wie ein Traum. Es war ein Traum. Sein ganzes Leben war ein Traum. Er war fern von all den Reizen der Realität. Er fand eine grausige Klause und begab sich dorthin. Vor ihm lag das Meer. Er sah sich nackt in der grünen Natur, sich frei tanzend und er wurde eins mit ihr. Sein Körper badete im stillen Ozean, seine Seele begann wie Nebel aus ihm zu entweichen. Sie zerfloss in ständig verändernder Gestalt, sich vermischend mit einer riesigen

Wolke am Himmel. Die Wolke kam aus dem Ewigen. Der Tod selbst ist ein unbeschreiblich schönes Gefühl. Nach ihm trachtet Ursehnsucht: die Liebe. Sie ist nur dann vollkommen, wenn man sich in aller Ewigkeit verliert und der Körper zur Natur zurückkehrt, vergeht und zergeht. Plötzlich wehte ein eisiger Schneesturm. Fröstelnd und vom Schnee bedeckt suchte er an Baumstämmen und Felswänden tappend nach einem Versteck. Abrupt verlor sein Fuß den Halt, er fiel auf den Kopf und verletzte sich, blieb kurz liegen und richtete sich, gezeichnet von Prellungen und Schwellungen, wieder auf. Schweigsam wie ein Nachtwandler begab sich sein Wesen auf eine Forschungsreise in diese terra incognita. Wild schlug die Brandung an rostrote Klippen. Der Anker seiner Seele suchte Grund. Seine Seele wollte endlich ein Obdach. Ziellos segelte sein Schiff im Ozean der Gefühle. Schiffbrüchig landete er, zurückgeworfen an fremden Stränden. Himmel und Meer zerrannen ineinander. Die Aufregung schien den Verstand zu verwirren. Neugier und Müdigkeit rangen miteinander um einen Platz im Gefilde seines Genius. Bodenlos taumelte er weiter wie ein Säufer. In der Einöde war er wie ein Herbstblatt im Wirbel der Winde verweht. Er kam sich vor wie ein Landstreicher in einer sich unendlich lang erstreckenden Felsenschlucht und an ihm floss der Strom der Zeit vorbei; er aber stand am Flussufer der Ereignisse, unbeholfen und teilnahmslos. Was hätte er sonst machen sollen? Was blieb ihm anderes übrig? Was vermochte er mit dem Rest seiner Jugendkraft gegen solch gewaltige politische Ereignisse noch zu bewirken? Er war ziemlich erschöpft und sehnte sich nach einer Rast und etwas Wärme, aber die Situation erlaubte ihm dies nicht und sein Körper drohte zu erfrieren und brachte ihn an die Schwelle der totalen Halluzination und Bewusstlosigkeit, aber der starke Lebenswille holte ihn jedes Mal wieder auf den Boden der Realität zurück. In der Einöde sah er sich von einem hässlichen Ungeheuer verfolgt. Er floh, rief um Hilfe, seine Stimme versagte, keiner hörte ihn, niemand war da. In einer Felsenkluft versteckte er sich in der Hoffnung, von dem Ungeheuer nicht gesehen zu werden. Doch er wurde von ihm entdeckt. Er zitterte vor Angst und hielt die Hände schützend vors Gesicht. Das Ungeheuer kam ihm nahe und stach mehrere Male mit dem Messer auf ihn ein, er fiel blutend auf die Seite und sah, dass das Gesicht des Ungeheuers sich langsam in sein eigenes verwandelte. Es war unglaublich, was er sah. Mühevoll kämpfte er sich aus dem Hades seines Schlafes empor, langsam tastete er sich in die Realität, die ihm fremd vorkam. Lebte er noch? Ja, er lebte noch! Er war wach und schaute mit noch traumverlorenen Augen um sich. Er sah hochpolierte Granitsäulen, automatisierte Edelstahltüren und Schaufenster, aus denen hübsche, zarte Venusgestalten herausschauten. Die nackten Götter der Weiblichkeit versüßten sein Erwachen. Auf einer Bank ihm gegenüber saß ein Schatten, den Hut schräg in die Stirn gezogen und die bestiefelten Beine ausgestreckt, die Ellbogen auf die Lehne gestemmt und den Kopf auf die Faust stützend. Er nahm gerade noch die hängenden Säuferlippen wahr. Zwischen Traum und Realität lag er zusammengekauert in einem verlassenen Schuppen und sinnierte vor sich hin:

Warum ist mir kein Atemzug in meiner Heimat vergönnt? Warum verweigert man mir den Blick auf unsere Berge? Landstreicher, wer bist du? Was hast du hier zu suchen? Woher kommst du? Wohin gehst du? Keiner kennt dich. Keiner traut dir. Nimm dich in acht! Mach deine Augen auf! Deine Augen sind so fremd! Gefällt es dir hier? Sprich es aus! Sei ehrlich!

Wo bin ich?

Ist es so wichtig, wo du bist?

Er spürte die Käte nicht mehr. Sein Kopf nickte ein, und plötzlich zog sein ganzes Leben wie im Zeitraffer auf einer Leinwand vor seinen Augen vorbei.

München, Okt. 2010

Yadgar`s anheimelnde Eindrücke aus seiner Kindheit

Die schrillen Schreie und Gelächter zweier Buben, die seit dem Spätnachmittag die kleine steinerne Kaskade, die den Hauptplatz kennzeichnete, in einem idyllischen kleinen Dorf irgendwo in den Bergen Kurdistans spielend umkreisten, hörten nicht auf, bis die rüstige Mutter ihren Sohn laut zu sich rief: "Yadgar!" dann lauter "Yadgar! Komm bitte zu deinem Abendessen" Yadgar blieb stehen, den kleinen arg abgenützten Gummiball unter seinem rechten Fuß haltend, und blickte prüfend auf einen sich nähernden Mann mit einer Schaufel auf der Schulter. „Mein Vater kommt!", flüsterte er zu sich und drehte sein Gesicht seinem Spielgefährten Gelal zu, wobei die letzten Strahlen der untergehenden Sonne sein rundes glattes brünettes Gesicht, das von einer leicht lockigen Mähne umrahmt war, vergoldeten. "Ich muss jetzt gehen. Mein Vater ist da" Und Yadgar trippelte seinem Vater entgegen.

„Habe ich dir nicht gesagt, dass du draußen nicht spielen sollst. Du musst deiner Mutter helfen, sie hat viel zu tun anderenfalls nehme ich dich mit zur Feldarbeit", tadelte und mahnte der gediegene und rüstige Vater seinen achtjährigen

Sohn und hielt ihn an seiner Hand, einer schwieligen rauhen Hand, aus der das tägliche Ackern durch all die schweren Jahre quasi eine Monsterpranke gemacht hatte. Sein kleiner Sohn spürte ihre Rauheit und ihre hornige Haut und sie kam ihm zu gewaltig vor. "Papa! Stimmt es, dass meine Tante nach Erbil umziehen will?" lenkte er seinen Vater ab.

"Nein, mein Kind; das wissen wir noch nicht. Jedenfalls wird sie bei uns noch ein Jahr bleiben", sagte der Vater und führte seinen Jungen ins Haus. Die Mutter empfing sie in der Küche und wischte ihre Hände an dem zerfransten Tuch ab, das sie um sich gebunden hatte und das ihr als Schürze dienen sollte. Das Essen wurde von Yadgar´s Tante aufgetragen. Es war Fariba, die mit ihrem Baby in der Baracke im Hinterhof wohnte und vor kurzem ihren Mann verloren hatte. Der wackere junge Mann war ein Freiheitskämpfer gewesen und war bei einer nächtlichen Aktion durch ein Scharmützel mit einer Polizeisperre umgekommen. Nach seinem Tod widmete sie sich eifrig dem Nähen und Stricken und so wollte sie sich ein bescheidenes Einkommen sichern, um sich und ihr Baby zu ernähren. Gemeinsam hockten sie im Kreis und aßen mit großem Appetit. Und nach dem Abendgebet wollte sich der Vater hinlegen um auszuruhen, aber die Mutter begann in den verstaubten alten Truhen und Kommoden zu kramen und zu wühlen. Sie suchte vergeblich in all dem Gerümpel, das sich seit ihrer Hochzeit angehäuft hatte, nach einem Kerzenständer und der Vater nörgelte ihr hinterher: „Du wirst ihn nicht finden". Schließlich wandte sie sich ihm kurz zu, aber sie verstand ihn nicht, so sehr war sie von ihrer Suche in Anspruch genommen.

„Hörst du überhaupt zu, was ich dir sage!" schrie er sie an und setzte - als sie verzweifelt vor ihm stand - fort, was er sagen wollte:

„Mach keinen unnötigen Lärm. Ich will jetzt ruhen."

„Was hast vorhin gesagt", fragte sie ihren Mann.

„Wir können genausogut das Fest ohne den Kerzenständer feiern. Du kannst ihn nicht finden, weil ich ihn vor einem Jahr gesucht habe und auch nicht finden konnte."

Sie gab endlich auf, spülte schnell das Geschirr ab, warf die Brotkrümel und Essensreste den Hühnern zu, die in einem großen, von Yadgar´s Vater selbst angefertigten Käfig gehalten wurden und legte sich und ebenso ihren Jungen zum Schlafen hin.

Bald wurden die Vorbereitungen für Newrus getroffen.

Im Innenhof, im Schatten der dickstämmigen Platane war die Mutter so beschäftigt mit ihrem alljährlichen Backen von Plätzchen und anderen Leckereien, während die junge Tante ihr beim Kneten und Süßen des Teigs half. Die Stimme der Sängerin, die man "goldene Kehle" nannte, klang aus dem alten und ziemlich ausgedienten Radio in der Küche. Yadgar´s Mutter sang mit und wog sich im gleichen Rhythmus mit einem Stück Teig in der Hand:

Mein Lieb und ich, kamen ans Flussufer hier

Als zwei Verliebte begegneten uns wir.

Wir lagerten uns im Lichtkegel der Laterne.

Mond, perlweiß und glitzernde Sterne.

Der Vollmond schaute auf uns nieder,

Und wir erhofften uns die Freude wieder.

Auf der Wasseroberfläche schimmerte sein Schein.

Fröhlich und glücklich schenkten wir uns ein.

Leise klagten wir uns an und versöhnten uns wieder.

Gemeinsam liebkosten wir uns und sangen Lieder.

Ich konnte es nicht glauben und kaum fassen.

Er schwor mir, er würde mich nie verlassen.

Gelobt sei Gott, der uns zusammen gebracht.

Unter einem Vollmond durchwachten wir die Nacht.

Yadgar´s Vater war in die nächst gelegene Kleinstadt gefahren. Er wollte Geschenke, Süßigkeiten, Weihrauch, Kräuter und wohlriechende Gewürze kaufen. Als er später wieder kam, waren Yadgar´s Mutter und Tante immer noch schwer beschäftigt. Sie schrubbten noch an schweren Kleidungsstücken in dem kupfernen Zuber und Yadgar trug das Baby wiegend auf den Armen durchs Zimmer. Er spielte mit seinen Ohrläppchen und wunderte sich, wie zartfleischig sie waren. Besorgt rief der Vater: „Fariba! Nimm dein Kind von meinem Sohn weg" Yadgar´s Tante trocknete ihre nassen Hände, nahm das Baby zu sich und lächelte es an. Aus der Windel des Babys wurde gedämpftes Blubbern hörbar. Sie drückte mit dem Zeigefinger kurz an sein Näschen und sagte:

"Na? Zeichen deines Wohlbefindens?" Das Baby erwiderte ihr mit einem süßen Lächeln und alle lächelten mit. Die Mutter wickelte es aus, hob es hoch, trug es zum Waschbecken und wusch es mit kaltem Wasser, so dass es weinte und zappelte. Sie wickelte es mit einer sauberen Windel aus alten Lappen wieder ein, legte es in die primitive selbst gebastelte Wiege und ließ es von Yadgar weiter schaukeln. Ach, wie oft krabbelte es schnell und zielstrebig vor seinen Augen über die staubige raue Matte, machte seine ersten wackligen Gehversuche an der Hand der Mutter oder spielte mit der von der Mutter selbst gemachten Stoffpuppe. In der Küche zischten und brutzelten Forellen in Pfannen und Katzenwelpen balgten sich auf zerschlissenen, alten Kissen in der Abstellkammer. Draußen tanzten die Dorfbewohner und Bauern von den benachbarten Ortschaften Hand in Hand und Schulter an Schulter um ein Lagerfeuer: Ein Mann mit Pluderhose, Hemd, verzierter kurzer Weste und um den Kopf gewickelten Tuch und eine Frau mit langer farbprächtiger Tracht und mit Gold besticktem, um den Hals gewickelten Tuch. So tanzten sie in schnellen rhythmischen Schritten und mit wippenden Knien um das Feuer. Yadgar´s Familie erschien ebenso in ihrer farbenprächtigen kurdischen Tracht. Yadgar´s Vater war nie im Leben Tracht und Traditionen untreu gewesen. Dieser Reigentanz wird von jemanden mit einem farbigen Tuch dirigiert und einer flötet und ein anderer trommelt. Manchmal löst sich ein Solotänzer von der tanzender Kette und tanzt allein um das Lagerfeuer. Es ist das Fest, bei dem die Dämonen und die bösen Geister dunkler Zeiten vertrieben werden, ein Fest, an dem Freiheit und Frieden einkehren. Es wird mehrere Tage getanzt und gefeiert bis der Morgen nach dem letzten Festtag mit seinem schweren Alltag wieder anbricht. Vor allem für die Kinder ist so ein Frühlingsfest eine große Freude und eine willkommene Abwechselung, denn sie können unbekümmert spielen und sich frei toben und wenn sie etwas anstellen, nehmen die Erwachsene es auf leichten Schultern und bestrafen Sie sie nicht.

Durch das Krähen der Dorfhähne und das Zwitschergewirr der Spatzen erwachte Yadgar als erster an dem Morgen nach dem letzten Newrustag und ging im Hof spielen, während die ganze Familie von den Strapazen der Feiertage ermüdet noch tief vor sich hindöste.

"Yadgar! Wann hörst du endlich auf, die Spatzen mit deiner Steinschleuder zu belästigen?" rief die Mutter, die vorhin durch seine Aktivitäten im Hof aufgeweckt worden war, sich das Gesicht wusch und gerade im Begriff war mit der Schnabelkanne in der Hand ihre Notdurft zu verrichten. Mit seiner Steinschleuder, die er selbst aus Gummistreifen von alten Unterhosen und einer Astgabel zusammengebastelt hatte, träumte der Junge allen Ernstes davon, militärische Düsenjäger des Feindes seines Volkes abzuschießen. Und dank der schönen Stimme der Sängerin, die den guten Morgen aus dem Radio hieß, war der Rest der Familie schon aufgestanden.

Es war ziemlich abgelegen, außerhalb des Dorfes, bachabwärts, jenseits des Mühlwerks, dort, wo sich jählings Bäuerinnen an manchen Feiertagen am Bachufer niederließen, ihre Wäsche schrubbten, auf Felsen schlugen und auswrangen, dort wo sich das Murmeln des Wassers mit dem Plätschern der geschlagenen Wäsche mischte. Unter dem wackligen Blechgiebel einer verlassenen und verwahrlosten Scheune nisteten Tauben, auf die er es abgesehen hatte. Er schlich sich unbehelligt hinein und scheuchte viele Tauben auf. Alle flogen weg, bis auf eine, die tief flog, der er den Weg versperrte und die er erhaschen konnte. Er nahm sie mit nach Hause, band ihr die Füße zusammen und hatte vor, sie mit seinem Spielkameraden zu rupfen und zu grillen. Als der Vater nach Hause kam, sah er sie in seinen Händen und wie er sie streichelte. Der Vater nahm sie ihm weg und ließ sie fliegen. "Habe ich dir nicht gesagt, dass du diese armen Geschöpfe nicht belästigen sollst?" tadelte ihn der Vater, hielt ihn an der Schulter fest und sah ihm mit mahnenden Augen ins Gesicht. Yadgar senkte eingeschüchtert den Kopf und die Worte des Vaters lösten bei ihm Angst aus, aus der allmählich ein leises Schluchzen wurde, das in der verzagten Seele Yadgar´s aufzusteigen drohte. Und als der Vater dies merkte, hatte er sofort Mitleid mit ihm. "Hier nimm", sagte er und gab ihm Kleingeld "und kauf dir Süßigkeiten."

"Nimm ihn auf deine Reise mit", schlug die Mutter dem Vater vor. "Er macht zurzeit nur Unfug." Aber für den Vater war es eine Last, den Jungen auf lange Reisen mitzunehmen. Yadgar dagegen freute sich sehr, als er erfuhr, dass sein Vater sich doch entschlossen hatte, ihn mitzunehmen. Derartige große Reisen weiteten seinen Horizont und hinterließen bei ihm oft schöne Eindrücke.

Irgendwo im Süden in einer großen Stadt, an deren Name er sich nicht entsinnen konnte, erinnerte er sich Jahre danach:

In einem bedachten kleinen Basar unterhielt sich sein Vater mit dem Besitzer einer kleinen Grill-stube. Alles war grau, eintönig bis auf einige Löcher im giebelförmigen Blechdach, durch die das Licht der Sonne auf den holprigen dunklen Boden oder auf die gerade wie lange Lanzen vorbeigehenden Menschen fiel. Schattige Läden, gähnende Stoffhändler, an denen schwarz gekleidete Frauen vorbeigingen oder Stoffe mit den Fingerspitzen prüften. Tagelöhner mit einer Hucke von zwei Kühlschränken bahnten sich einen Weg durch die Menge. Gelegentlich zog ein kleines Trauergeleit durch. Vier Männer trugen auf den Schultern einen aus Obstkistenbrettern gebauten Sarg, der wenige Leute hinter sich herzog und von einem Zelebrierenden geführt wurde. Yadgar saß neben seinem Vater. Ihm war es etwas kühl. Ein Straßenverkäufer von Süßholzgetränk mit seiner verzierten und ziselierten großen Kanne aus Messing am Rücken grüßte pietätvoll einen bebrillten Schneider von Gegenüber, der gerade einen Faden in das Nadelöhr einzufädeln versuchte. Links vom Schneider war ein Krämer und rechts ein Metzger. Plötzlich stolperte eine Frau, fiel auf dem Boden und zog die Aufmerksamkeit auf sich; eine junge Bäuerin, die auf ihrem Kopf Tassen aus Aluminium dreistöckig gestapelt in Form einer Pyramide trug. Die Tassen voller Joghurt rollten um sie her und kippten um. Die schwarz verschleierte Frau saß danach mit gesenktem Kopf vor einer weißen Lache und beweinte ihr Missgeschick. Das Ereignis sorgte für neues Gemurmel der Ladenbesitzer und anderer Gaffer. Zwei rannten zu ihr, um ihr zu helfen, was vergeblich war. Dann ergriff ein Gentleman die Initiative und begann für sie Spenden zu sammeln. Nach einer Weile hörte Yadgar den Mann, der gerade für sie die Hackfleischspieße grillte, seinem Vater sagen, dass die Spende vermutlich mehr wäre, als die des Schadens. Sein Vater stimmte ihm mit Kopfnicken zu und meinte, wenn das auch tatsächlich der Fall wäre, so würde die Frau morgen in einem anderen Basar das Stolpern vortäuschen, um damit mehr Geld zu bekommen als sie auf dem Kopf an Warenwert trüge. Und alle lachten.

In den noch dunklen Straßen von Bagdad hielt ihn der Vater an der Hand und er musste hin und wieder tapsen oder vorwärts trippeln um mit dem Schritttakt der schabenden Latschen seines Vaters mitzuhalten. Wohin sie damals gezogen und wo sie beherbergt gewesen waren, dessen konnte er sich nicht mehr entsinnen. Woran er sich entsinnen konnte, war, dass sie durch die engen und menschenleeren Gassen der Basare an verriegelten Läden vorbeigingen. Der Schatten eines mit einem Gewand verhüllten Mannes erschien aus einer kleinen Moschee, ging an ihnen unbehelligt vorbei und verschwand in einer der kleinen Gassen. Sein Vater verweilte vor einem offenen Laden, aus dem Klappern und Klicken von Aluminiumtöpfen und Teigklatschen zu hören war. Sie stiegen über die zweistufige Schwelle hinein und der Vater grüßte leise, aber es war niemand zu sehen. Dann machte sein Vater sich durch lautes Räuspern bemerkbar. Ein kahler Kopf kam hinter der Theke zwischen den dampfenden

Töpfen hoch. Im diffusen Licht der Öllampe schienen seine Gesichtszüge zu zergehen. Er sieht ihn heute noch vor sich, wie er ihnen mit der Kelle in der Hand die Harisa aufgab. Harisa ist eine Art Getreidebrei mit fein fasrigem Fleisch, das mit aromatischem Öl, Zucker und Zimt zum Frühstück serviert wird. Später hellte sich der Himmel auf und er sah sich mit dem Vater auf einer hölzernen Bank im Hof eines Teehauses. Sein Vater rauchte Wasserpfeife. Alte Männer unterhielten sich gemächlich und bedächtig. Die nackte Ziegelsteinmauer war von Ranken erklommen und überwuchert.

Unmittelbar nachdem sie von der Reise zurückgekommen waren, schickte der Vater seinen Sohn nach Erbil, um die Mittlere Reife und später das Abitur zu machen. Und in Erbil bei der älteren Tante lernte er seinen Cousin Dara besser kennen. Dara half seinem Vater, der Maurer war, viel und schwänzte oft die Schule. An die Ecke in der Nähe der Schule kamen Straßenhändler und verkauften an die Kinder Halwa, Baklawa und ein spezielles Sultaninengetränk. Unterwegs von der Schule nach Hause gingen beide mit den Schulheften in den Händen an Häusern mit ziemlich hohen Zäunen vorbei, an denen einzelne Weintraubenreben verlockend hingen, was die beiden in Versuchung führte. So stieg Yadgar auf Dara´s verschränkte Hände und pflückte die süßen Früchte, die sie gemeinsam verzehrten. Als er zu Hause war, wunderte sich seine Tante, dass die Beiden wenig Appetit auf Obst hatten. So hockte er neben Dara und half ihm beim Lösen der Hausaufgaben. Gern spielte Yadgar nach Schulschluss mit Dara, sei es Ball, Kreisel oder auch Luft aus Autoreifen zu lassen. Oft ärgerten sie auch die Tante, in dem sie einen Faden an den Türklopfer banden, über das flache Dach zogen und von dort aus klopften. "Wer ist da?" rief sie und lief mehrmals zur Tür. Als sie niemanden sah, beschimpfte sie die frechen Kinder von Herrn Hadji Said, einem Nachbarn.

In den Schulferien schickte ihn sein Onkel einmal zu einem Schneider in Erbil um einen Beruf fürs Leben zu lernen. Der alte Meister mit der Nadel im Mund und der auf die halbe Nasenschiene gerutschten Brille schickte ihn zu einem Raum im Hinterhof, wo noch junge Arbeiter und ein kurioser siebzigjähriger alter Mann Stoffballen aufrollten, Stoffe schnitten und nähten. Dort sollte er ihnen helfen und als Laufbursche dienen. In der Werkstatt hing über dem Platz des Meisters ein kleiner, verstaubter Gebetsteppich mit der Abbildung der Kaaba und darunter stand auf einem Brettchen, das an der Wand befestigt war, in einem vergoldeten Rahmen das Bild vom Vater des Meisters, den Kopf mit einem Tuch umwickelt, wie es zu einer kurdischen Tracht gehört. In dem Raum herrschte eine dumpfe Stimmung. Die alltägliche

Monotonie zog sich unverändert über lange Zeit hinweg. In Abwesenheit des Meisters quoll nie eine festliche Fröhlichkeit bei den Kollegen aus sich selbst heraus, vielmehr riss sie einer mit allen Mitteln der Komödie aus bleischwerer Langeweile und deprimierter Lustlosigkeit heraus, indem er sich auf dem Altar des gutmütigen Spotts opferte. Und jedes Mal stellte sich der kleine, gedrungene, glotzäugige, stupsnasige, drollige Alte, linderte die Atmosphäre mit seinen ruckartigen, kuriosen Bewegungen und Witzerzählungen und schuf allmählich ein unwiderstehliches Lachen. Seine Zähne waren seine Kapitalanlage. Er deponierte in ihnen Gold und Silber und war stolz, sie fletschend zu zeigen. Wehe dem, der seine Finger daran legte, und er machte oft über den Meister Witze. Da war auch ein Vielfraß bei ihnen tätig, der alles verschlang, was man ihm auftischte. Er konnte es nicht dulden, ja nicht ertragen, wenn etwas Essbares vor ihm lag, sei es auch nur ein Stückchen Brot. Es irritierte ihn und er konnte sich nicht auf das, was er sagen wollte, konzentrieren, denn er schielte danach und wollte es unbedingt erhaschen, bevor ein anderer es wegnahm. Erst eine Tabula rasa konnte ihn beruhigen und ernsthaft reden lassen. Er war gefräßig und schwerfällig wie eine Raupe. Immer runder und runder war er mit der Zeit geworden, so dass er Schwierigkeiten hatte durch enge Türen zu gehen. Schon in seiner frühen Kindheit war sein Magen vermutlich erheblich ausgedehnt gewesen und sein Körper hatte Appetit fördernde Fettzellen angesetzt. Seine kranke Mutter hat ihn zum Essen gezwungen, weil sie ihn schnell wachsen sehen wollte, bevor sie starb.

Einmal schickte der Meister Yadgar, einen bestimmten Kleidungsstoff vom Stoffhändler zu holen. Das Geschäft des Stoffhändlers war in einem nahgelegen Basar. Dieser war in der Mittagssonne wenig belebt. Als Yadgar ankam, war der Stoffhändler nicht da, stattdessen war sein Sohn anwesend. Yadgar grüßte den hellhäutigen Jungen mit den grünbraunen Augen.

"Wann kommt dein Vater?" fragte Yadgar.

"Er ging zum Klo der Moschee pinkeln. Was willst du von ihm?"

"Wir brauchen zwei Ballen von diesem Stoff." Und er zeigte ihm dabei ein Stückchen von einem Leinenstoff für Männer-Anzüge.

"Warte bis mein Vater kommt", sagte der Stoff-händlersohn, griff in eine Schale mit gerösteten und gesalzenen Melonenkernen und reichte ihm etwas davon. Yadgar nahm sie dankend und begann sie zu knabbern.

Und während sie sich unterhielten, erschien ein Mann von einfachem ländlichen Äußeren und blieb unentschlossen vor dem Laden stehen. Dann berührte er prüfend mit seinen hornhäutigen, groben Fingern einen teuren Stoff von einem der Ballen, die vor dem Jungen standen.

"Was kostet der?"

Der Stoffhändlersohn, der den Schalk im Auge hatte, maß den Bauern von oben bis unten und sagte - noch Melonenkerne knabbernd - :

"Meter, ein viertel Dinar"

"Zu teuer", kam für den Jungen, wie erwartet, die Antwort.

Yadgar stand da und wunderte sich, denn er kannte den Preis für diesen Stoff. Er war eigentlich vier Mal so teuer.

"Nächste Straße rechts, zweiter Laden, kriegen sie ihn billiger", schickte er ihn zu einem teuren Stoffhändler.

Der Bauer zögerte erst, dann wandte er sich ab und ging tatsächlich, sich danach zu erkundigen.

"Wieso hast du ihm den Stoff so billig angeboten?" fragte ihn Yadgar.

"Weißt du, dieser feine Stoff ist nicht seine Kragenweite."

"Aber was ist, wenn er ihn wirklich hätte kaufen wollen?"

"Dann hätte ich ihm von diesem Ballen gegeben." Und er zeigte Yadgar einen viel billigeren Stoff. "Er wird es so oder so nicht unterscheiden können."

Indessen kehrte der Bauer zurück, legte seine Hand auf den teuren Ballen und sagte: "Ich will davon zehn Meter."

"Jetzt kostet er aber einen Dinar."

"Wieso? Vorhin sagtest du nur ein viertel Dinar."

"Ja, er ist teurer geworden."

"Aber Junge! Eben sagtest du, der Meter einen viertel Dinar", sagte der Bauer aufgebracht.

"Ja, eben sagten Sie auch `teuer´. Wissen Sie, wir verkaufen nicht." Und machte mit den Händen eine Geste, als wollte er den Bauern wegscheuchen.

Der Bauer brummelte unzufrieden vor sich hin und ging weg und die beiden Jungen amüsierten sich königlich.

Im erwachsenen Alter erinnerte sich Yadgar an den Tag, als er die schönsten Momente seines Lebens erlebte. Es war im südlichsten Süden seiner Heimat, sehr anheimelnd. Er war damals als Gehilfe für ein Team aus Landvermessungsingenieuren tätig gewesen. Es war im Auftrag der Regierung und im Rahmen eines Infrastrukturprojektes. Unterwegs bellte ihn ein Dorfhund an. Lerchen jubilierten, Gänse schnatterten. Hin und wieder trug ihm leise der Wind die Gesänge der Bauern zu, vermischt mit dem Klang der Glöckchen am Halse ihrer Zugtiere. Eine gähnende Ziege ließ ihre Kügelchen herausperlen und eine wiederkäuende Kuh machte gerade ihre Fladen. Bäuerinnen mit Reisigbündeln am Kopf wateten mit hochgeschürzten schwarzen Schleiern und Röcken durch überflutete Felder. Es war vor Anbruch des Abends. Die Luft war mild und auf einer Anhöhe kauerte er angelehnt an den Stumpf einer Palme um eine kurzen Einkehr zu machen.

Hinter dem Palmenhaine,

Im Rausch des Gewedels,

Im Horizont der Abendröte

Wacht herrlich das Himmelsauge.

Goldgelb glitzert die geriffelte Wasseroberfläche

In den Sümpfen von Summer und Akkad.

Langsam verklingt der Drosselgesang.

Zwischen den Stängeln des Röhrichts

Aus den Schilfhütten verhallt

Das letzte Muhen der Auerochsen

Und in dem Himmel gleiten Schwärme von Kranichen

Und im Dornengebüsch huscht zu ihrem Versteck die Eidechse.

Vor ihm erstrecken sich Palmenhaine, in denen die letzte Spur der Sonne verschwindet. Der Wind wellt sie und ihr Wedelrausch versetzt ihn in ein ekstatisches Wanken.

Langsam beginnt seine Seele die mystische Leiter hochzusteigen. Mal schwebt sie irgendwo im Horizont auf den Wipfeln der Palmen, mal schwirrt sie verirrt mit den flirrenden Schwärmen der Kleingefiederten zwischen Cyruswolken und Obstbäumen. Es ist der Abend eines Sommers. Der Mond blickt bezaubernd durch das Gewedel der Palmen als zwinkere ihm das Auge einer hübschen Braut zu. Die Schönheit ist Eine, der er sich gern unterwirft, denn sie erinnert ihn an das Göttliche, und die schönen Erlebnissen vergangener Jahre wiederholen sich im Zeitraffer vor seinen Augen. Und die schönen Augenblicke malen sich wie kolossale Kunstwerke.

Im Ozean der Träume rudert jeder als Künstler.

Für so eine zarte Empfindung sind selbst die schönsten Worte rauhe Werkzeuge.

Hundegebell holt ihn in die Realität wieder.

Wann wiederholen sich derartige Momente?

Wann kehren endlich die Reiher zu dir zurück? O! Heimat.

Wann erfüllt das Geschnatter der Wildgänse deine sumerischen Sümpfe.

Wann ertönen die Kuckucksrufe und die schrillen Hahnenschreie den Himmel seiner Heimat wieder und verkünden den Morgen?

Wann schweben die glücklichen Schwalben über die Dächer der Lehmhäuser? Dort, wo die Knaben ihren Flugdrachen in den Himmel steigen lassen. Bald erhebt sich die Glutscheibe über den Horizont

und spendet dem Tag Leben und bringt
die Knospen zum Sprießen.

Wann gehen die Menschen in Scharen
schlendernd an den Flussgestaden des
Euphrat und Tigris entlang spazieren?

Wann sprießen die Knospen der Obst-
bäume.

Und wann kehren die Reiher endlich zu
dir zurück?

München, Okt. 2010

Ein Abend bei Familie Karim

Karim Ibn El-Hadj Kadum Mahan, ein fleißiger Angestellter bei einem religiösen Buchverlag in Ghom, der größten Theologie-Universitätsstadt Irans, wurde für seine Arbeit von seinem Vorgesetzten und Arbeitgeber Abtahi Isfahani heute vor seinen Arbeitskollegen getadelt, was bei Karim selten der Fall war.

Er trat mit einer Plastiktüte in der Hand in sein Haus. Und wie gewöhnlich empfing ihn im kleinen Hof seine Frau und Cousine Karima bint El-Hadj Ammuri Mahan mit einer Frage, diesmal:

„Hast du die Kichererbsen für morgen gekauft?"

„Ja", sagte er.

„Hast du auch zwei Kilo gekauft?" wollte sie sich noch vergewissern.

„Ja, ja", sagte er etwas gereizt zu ihr "Ich habe auch noch Obst gekauft." fügte er stirnrunzelnd hinzu.

„Das habe ich auch", sagte sie und nahm ihm die Tüte ab. Er blieb kurz stehen, stützte sich mit der linken Hand auf die Hüfte, und beide gingen in die Wohnküche. In der großen Wohnküche grüßte er mit einem zerdrückten Lächeln seinen Cousin Ali, den Bruder von Karima. Ali lebte im Ausland und war seit einem Monat zu Besuch bei ihnen. Er war auch der Eigentümer des Hauses, das sie gegen eine geringe monatliche Bezahlung bewohnen. Das einfache Haus lag im engen Gassenlabyrinth der Altstadt und bestand zum Teil aus Lehm. Ihre Kinder, die kleine zierliche achtjährige Fatima und ihr jüngerer Bruder Hassan, sprangen sofort zu ihrem Vater. Er holte neue Bleistifte, Spitzer und Radiergummis aus seiner Tasche und gab sie ihnen. Aus Freude schlug Hassan einen seiner berühmten Purzelbäume und machte sich mit seiner Schwester an die Malblöcke. Fatima trug Kopftuch und Schleier trotz ihres jungen Alters und betete fünfmal am Tag wie ihre Mutter. Sie war fleißig, pflichtbewusst, jedoch zierlich, aber auch lebendig. Die kleine Fromme kam einem vor wie eine kleine heilige Maria. Ihr kleiner Bruder war ebenso dünn und lebendig. Er wollte sich von seinem zerdrückten kleinen Spielball nicht trennen und träumt davon eines Tages ein großer Fußballer zu werden. Die beiden legten sich wieder auf den Bauch und malten mit hin und her bewegten Füßen weiter. An einer Ecke neben einer Kommode lag unauffällig eine seelenkranke Frau namens Raddia. Sie war die Tante der Kinder und die Schwester der Mutter. Sie schien zwischen Traum und Realität zu schweben. Ihr Blick war manchmal fixiert an das

Schattenmuster der handgestrickten Gardine, das die Sonne auf die weiße Innenwand warf. Zu dieser Tante gesellte sich Fatima oft und spielte mit ihr. Sie legte sich zu ihr, flüsterte ihr irgendwas ins Ohr, flocht ihre Haare zu Zöpfen und fummelte an ihrer Nase herum oder kneifte sie in die Wangen. Die Tante ließ sich vom Kind alles gefallen bis manchmal zu einem kritischen Punkt:

„I, Fatima, hör auf. Lass mich in Ruh´. Geh! Geh weg von mir" und schob sie gutmütig von sich weg.

Die letzte Helligkeit der Sonne zog sich zurück, mit ihr verschwand auch das Schattenmuster, und das Zwitschern der Spatzen und Schwalben verklang langsam. Ab und zu drang die Stimme eines Straßenverkäufers herein. Dann hörte man über eine Sprechanlage, die über einer nahegelegen Moschee befestigt war, den Muezzin zum Abendgebet rufen.

Karim breitete das Gebettuch aus und begann sein Gebet zu murmeln. Neben ihm betete die kleine fromme Fatima. Karim war ein großer schlanker Mann mit einem schmalen Gesicht. Sein Kopf war voll behaart, und er trug einen kleinen Bart. Die Haut seiner Augenhöhlen hatte sich in den letzten Jahren verdunkelt, und er beklagte sich, dass dagegen noch kein Kraut gewachsen war. Inzwischen breitete seine Frau ein großes Tuch auf den Teppich neben dem Fenster zum Hof aus. Dann brachte sie das Abendessen in kleinen Tellern und legte es rund herum darauf. Vom Hof her drangen die dumpfen Ballschläge an die Hauswände. Hassan spielte im Hof. Als erste setzte sich kauernd die kranke Tante Raddia an das Abendesse, an den großen Teller und wollte anfangen zu essen. Karima blickte strafend auf sie herab und sagte:

„Das sind Tischmanieren! Meine Güte! Steh auf und setzt dich hierher. Dieser Platz ist für deinen Bruder Ali gedacht. Er ist unser Gast."

Ali, der daneben lag und in einem Buch las, blickte sie über die Brille, die ihm nach unten auf die Nase gerutscht war, an und sagte:

„Lass sie. Es ist gleichgültig, wo sie sitzt."

„Nein, es ist nicht gleichgültig", sagte Karima und zog Raddia an der Schulter „Steh jetzt auf und setzt dich daneben!"

Die ältere und etwas molligere Raddia bewegte sich schwerfällig, rückte einen Platz weiter und zog dabei den großen Teller zu sich. Karima war noch mehr wütend und nahm ihr den Teller weg. „O! Gott", sagte sie laut: „Es ist nicht zu fassen! Dieses Essen ist für deinen Bruder Ali gedacht!"

Als Karim sein Gebet beendet hatte, setzte er sich an die Wand zum essen und rief:

„Hassan! Mein Sohn. Komm rein, bevor dein Essen kalt wird!" Als letzter erschien Hassan und setzte sich zu seiner Mutter.

Also saßen sie alle kauernd das Abendessen löffeln. Es gab „Kellepatsche" Das ist ein Eintopf aus Schafskopf und -gebeinen. Dazu gab es frisch gebackenes Fladenbrot mit verschiedenen Kräutern und „Schirini", eine Art Zuckergebäck als Nachtisch. Hassan aß nur die Schirini und machte einen unzufriedenen Eindruck. Der Geruch vom Schafs- oder Hammelfleisch war ihm zuwider.

„Was ist! Was quengelst du herum!" sagte seine Mutter „Warum willst du es nicht essen?"

„Ich will nicht essen", sagte er.

„Du bist also satt! Wie! Du musst es essen", empfahl sie ihm. Dann sagte sie dem Vater: „Er hat oft keinen Appetit. Dein Sohn stopft seinen Bauch den ganzen Tag nur mit Süßigkeiten und Eiscreme voll, die er bei den Straßenverkäufern kauft."

„Wenn er so weitermacht, haben wir einen kleinen schmächtigen und kränklichen Jungen, der nie wächst", sagte der Vater und blickte vorwurfsvoll auf ihn.

„Nein", schrie der kleine Junge seine Mutter an und schlug sie lamentierend auf die Schulter. Sie saß direkt neben ihm.

„Hassan, iss bitte dein Abendessen und mach kein Theater!" sagte der Vater stirnrunzelnd.

„Nein, ich kann das nicht essen", sagte der Kleine „Kannst du ihm nicht was Anders zum essen geben?" fragte der Vater seine Frau.

„Nein, ich habe heute nur das gekocht, und er muss es essen. Es schmeckt uns allen", sagte sie.

„Hassan iss es damit du auch groß wirst. Das schmeckt wirklich", versuchte sein Onkel Ali ihn zu motivieren.

Hassan schüttelte wimmernd ablehnend den Kopf, schlug weiter mit seinen kleinen Fäusten auf die Schenkel seiner Mutter, verließ das Abendbrot und hockte sich jammernd in eine Ecke des Nebenzimmers. Seine Mutter, wie die anderen auch, war mit ihrem Abendessen fertig. Sie ging zur Kochnische und wollte für ihn etwas anderes kochen. Man hörte das Brutzeln der Pfanne. Sie kam aus der Küche mit einem Teller in der Hand.

Karim fragte sie: „Was hast für ihn gemacht?"

„Es ist ein Spiegelei, Bratkartoffeln, ein Stück Brot und etwas Süßspeise als Nachtisch", antwortete sie.

„Du gibst ihm noch mehr Süßigkeiten! Du bist Schuld an seinem Verderben, kein Wunder also", sagte er seufzend.

„Hör auf mit deinen Anschuldigungen: `Ich sei Schuld an seiner schlechten Erziehung´", verteidigte sich Karima vehement. Und er ließ weiter einen vorwurfsvollen Wortschwall auf sie niederprasseln.

„Du hast gut reden", sagte sie und brachte ihrem Sohn das Essen ins Nebenzimmer und stellte es vor ihn hin. „Hier iss", sagte sie.

Hassan drehte sein Gesicht zur Wand und vergrub seinen Kopf zwischen den Händen und stieß den Teller mit den Füßen weg. Der Teller kippte um, und sein Inhalt war auf dem neuwertigen Teppich verstreut.

Die Mutter zog mit beiden Händen ihr Gesicht lang und schrie ihn an: „Schau, was du angerichtet hast, du widerspenstiger Sohn. Du weißt, was dein Vater mit dir machen wird, wenn er das sieht!"

Hassan stieß übermütig den Teller noch mehr von sich weg und schimpfte heulend und unverständlich auf seine Mutter. Die Mutter ging zum Vater und sagte: „Geh und schau, was er für einen Unfug gemacht hat."

Der Vater: „Was hat er gemacht?"

„Geh und schau selber, was er gemacht hat", sagte sie.

Der Vater stand auf und ging ins Nebenzimmer und als er das ganze Essen verstreut auf dem Teppich sah, packte er seinen Sohn beim Kragen, zog ihn zu sich und gab ihm rechts und links harte Klapse:

„Schau, was du angerichtet hast", schrie ihn an „schau du Hundesohn!"

Der Junge versuchte vergeblich sein Gesicht zu verstecken oder sich zu verteidigen.

Die Mutter eilte zu ihrem Kind, wollte es aus den Krallen des Vaters befreien und bat ihn, das Kind nicht so hart zu schlagen. Ali gab ihr den Rat sich nicht einzumischen. Der Vater schlug weiter und stieß seinen Sohn mit einem Fußtritt von sich weg. Hassan fiel auf den Hinterkopf, heulte laut auf, rannte drohend und laut auf den Vater schimpfend durch das Zimmer. Dann kauerte er in einer andere Ecke, wischte heulend seinen Mund mit der Handfläche und stellte fest, dass etwas Blut aus seinem Mund herausfloss. Er schrie immer schriller, gab drohende Kauder-welschbrocken von sich und brach in Tränen aus. Er grub gelegentlich wehklagend seinen Kopf in seinen Schoß. Sein Geheul ging erst in Jammern und Schluchzen und dann nach und nach in Seufzen über.

Der Vater holte sich ein Glas Wasser aus der Küche, hockte sich nachdenklich und reumütig an die Wand und trank, wobei er etwas zitterte. Sein Gesicht war blass. Jeder hatte sich in seinem Stammplatz verkrochen. Tränen schimmerten leise aus den Augen Raddias. Es folgten einige Schweigeminuten, die nur von Hassans Stöhnen manchmal unterbrochen waren. Die Mutter ging den Teppich putzen und die Essensreste beseitigen. Ali nahm ein Glas Limonade und ging zu Hassan, umarmte ihn und gab ihm das Erfrischungsgetränk. Das Kind gab erneut ein stoßartiges Schluchzen von sich. Ali wischte mit einem Tempotaschentuch das Blut vom Hassans Mund:

„Hier, trink und weine nicht mehr. Als ich in deinem Alter war, hat mich mein Vater auch geschlagen, ja sogar noch mehr, wenn ich auf ihn nicht gehört oder irgend einen Unfug gemacht habe." Hassan trank die Limonade, beruhigte sich und legte sein Köpfchen auf den Oberschenkel seines Onkels, wimmernd, fast betäubt von den Schlägen, und schlief ein.

Nun lagen sie alle kreuz und quer auf ihren einfachen handgemachten Matratzen versunken in tiefen Schlaf Keine Laute oder Geräusche waren zu hören außer den schabenden Sandalen von gelegentlich vorbei ziehenden beturbanten Theologiestudenten draußen auf der holprigen Gasse. Auch die Sonnenblume im Beet des Hofes nickte mit ihrem Kopf, und ein sanfter Wind brachte die Blätter des Granatapfelbaums zum Rauschen.

Warum schlug er sein Kind?

Was stiftet Unruh in einem Ort?

Kocht die Wut, macht sie blind!

Schlechte Laune pflanzt sich fort!

München, Dez. 2006

Der Stoiker

Wenn man von der U-Bahn bei der Haltstelle `Münchner Freiheit´ aussteigt und mehrere Rolltreppen über eine Sperrzone nach oben nimmt, gelangt man zu einem belebten Platz mit mehreren Busstationen in der Mitte und einem kleinen umzäunten städtischen Garten für Kinder, Schachspieler und Obdachlose. Geht man die breite Allee `Leopoldstraße´ stadt-einwärts rechts weiter, so kommt man an Blumengeschäften, Banken, Gemüsehändlern, einem Postgebäude und Supermärkten vorbei. Und nach der Überquerung von drei kleinen Querstraßen kann man auf der ge-genüberliegenden Straßenseite der Pappelallee ein Cafe´ namens `Roxy´ in modern-amerikanischem Stile nicht verfehlen, zumal es sich durch seine Größe, dunkelbraune Innen-ausstattung und den cremgelben korbartigen Außenstühlen von den anderen Cafehäusern unterscheidet. Man ist mitten in Glamour und Gloria des mondänen Viertels Schwabing der bayerischen Metropole München.

„Kennen Sie, bitte, einen Herrn namens Reza?" fragte ein kleiner gedrungener Ausländer mit wirren schwarzen Haaren, einem unver-wechselbaren Akzent - und er schnurrte das `r´ ungerollt in `egh´ - die hübsche blonde

Kellnerin, die gerade im Begriff war, einem der Gäste den Kaffee zu servieren. Sie wandte sich ihm mit einem musternden Blick, schiefem Mund und auf die Unterlippe beißend zu. Und er setzte seine Fragestellung fort: „Ich meine einen Perser, Mitte sechzig, mittelgroß, schlank und mit spärlich glattdunklen Haaren, eigentlich ein häufiger Besucher dieses Cafes?"

`Ein Perser, namens Reza!´ dachte sie laut nach, zog sich etwas zurück, während ihre Zungenspitze verschmitzt zwischen den frisch mit dem Make-up-Stift weinrot bemalten Lippen spielte, was ihrem attraktiven Outfit zusätzlich eine erotische Note verlieh, und sagte:

„Ich muss ihn kennen, denn hier verkehren nicht so viele Ausländer!"

Schüchtern und aufrecht stand er vor ihr, die Hände in den Taschen seiner wildledernen Weste vergraben.

Ihr Charme und ihre reizvolle Stimme lösten bei ihm ein herzliches Lächeln aus, das von ihr unerwidert blieb.

Er fügte hinzu, um ihrem Gedächtnis Hilfe zu leisten:

„Er hat ein längliches Gesicht, trägt eine eckige Brille, oft ein dunkelolivgrünes Sakko mit kastanienbrauner Cordhose und läuft etwas gebeugt."

„Ach ja! Jetzt weiß ich, wen Sie meinen; es ist der, der immer eine schwarze Stofftasche mit sich trägt", fiel es ihr spontan ein.

„Möglicherweise! Ja, er trägt oft eine solche Stofftasche mit sich", sagte er und versuchte diesmal mit der rechten Hand seine Weste zuzuknöpfen, die ohnehin komplett zugeknöpft war, dann strich er seine Handfläche über den Bauch hinunter, während sie ihn nach wie vor musternd ansah und fragte:

„Und warum fragen Sie nach ihm?"

„Ich bin ein alter Freund von ihm und wollte gern wissen, ob er überhaupt noch hierher kommt und wann er zu treffen ist?"

„Er ist öfters Freitagnachmittag hier und setzt sich da drüben hin", dann zeigte sie auf eine Ecke im Lokal und widmete sich weiter ihren Gästen.

Am nächsten Freitag erschien der kleine, gedrungene Iraner wieder vor dem Cafehaus und flüsterte zu sich in Gedanken, nachdem er ihn tatsächlich entdeckt hatte:

`Dort sitzt er allein, mein belesener Freund, in seiner Ecke, so wie die Bedienung vorgestern sagte. Er wirkt in sich ruhend, auch geistig abwesend, er scheint sich in einer Welt zu bewegen, die jenseits der Realität ist, und er betrachtet mit halbverträumten Augen den regen Verkehr auf dem Bürgersteig. Je älter er wird, umso mehr wirkt er in sich versunken. An seinem Gesicht sind seine leichte Verletzlichkeit und die Schwermut kaum erkennbar. Er hat mich bis jetzt noch nicht wieder erkannt´.

Er näherte sich ihm von der Seite, legte die Hand auf seine Schulter und grüßte ihn auf seine eigene Art:

„Na du Alter! Auf die Idee mich anzurufen kommst du wohl nicht!"

„Ach, du bist es, Pervis! Wie geht es dir? Es ist schön dich nach so langer Zeit wieder zu sehen", grüßte Reza verwundert zurück, zog die Augenbrauen Stirn runzelnd empor und stupste mit dem mittleren Finger seine eckige Schildpattbrille zurecht, die auf seiner gekrümmten Nasenschiene etwas gerutscht war. Dann rückte er einen freien Stuhl für seinen Landsmann bereit und bat ihn zu sitzen, aber Pervis Chazerjan, wie sein genauer Name lautete, blieb für eine kurze Weile die Hand auf der Rückenlehne des Stuhles stützend noch stehen und Reza fuhr fort:

„Du, ich habe dich in den letzten Sommerferien mehrmals angerufen und du warst nicht zu Hause."

Pervis setzte sich laut denkend hin:

`In den letzten Sommerferien! In den letzten Sommerferien!´

Er biss sich dabei auf die Unterlippe und es fiel ihm spontan ein:

„Ach! Ja, ich war mit der Familie im Urlaub in Kalabrien. Es war sehr schön, vor allem für meine zwei Kinder war es eine wahre Freude. Sie spielten wie verrückt mit dem Sand des Strandes und bildeten mit ihm eine Einheit. Wahrlich es war für die ganze Familie eine tolle Erholung und wie du siehst, geht es mir blendend. Sag mal Reza, wie lebt es sich im Rentenalter? Du schaust zwar ausgeglichen aus, aber du scheinst dennoch nicht ganz glücklich zu sein."

„Recht gut, doch, doch, eigentlich bin ich mit mir selbst zufrieden", sagte er und fügte hinzu:

„Ich komme mit meiner freien Zeit eigentlich gut zu recht, ich lese und schreibe viel und gehe auch Radeln oder Bergwandern mit Bernd, einem deutschen Freund von mir, aber ich vermisse die alte Heimat und die guten Freunde."

Und während er redete hielt er mit einem Handzeichen eine Kellnerin an, die gerade an ihnen vorbeihuschen wollte, und Pervis schaute eine kurze Weile mit zusammengezogenen Brauen auf sie, bestellte gleich bei ihr ein Kännchen Kaffee und stellte fest, dass sie nicht dieselbe blonde Kellnerin von vor ein paar Tagen war. Bevor Reza seine Rede fortsetzte, folgte eine kurze Denkpause, dann richtete Pervis Grüße von Personen aus, die Reza gut kannten, lange nicht gesehen hatten und ihn sehnlich wieder zu sehen wünschten. Reza erwiderte die Grüße, erkundigte sich kurz nach ihrer Gesundheit und ihrem Treiben, bekam von seinem Freund oft die Antwort ´Alles ist wie beim Alten und nichts hat sich geändert´ und nach einer kurzen Überlegung setzte er mit aller Gemütlichkeit seine Rede fort:

„Ich meinte vorhin natürlich Freunde wie dich, zu denen ich mich gern geselle!"

„Danke für das Kompliment, Reza. So was höre ich gern."

„Nicht zu danken, es ist wirklich wahr. Freunde wie du fehlen mir einfach. Ich lebe zwar allein, aber wenn man allein lebt, erfasst einen die Nostalgie und lässt ihn in der Schwebe der Wehmut baumeln, oder es überfällt einen aus heiterem Himmel die Chimäre der Traurigkeit und der mörderische Überdruss. Für einige Zeit, es war etwa vor einem Monat, hat letztere mich erfasst und ich wusste keinen Ausweg, ihr zu entrinnen. Wir sollten auch nicht vergessen, dass wir nicht die Jüngsten sind und das Alter fortschreitet, und wie es mich dünkt, die Freude am Leben nachlässt. Übrig bleibt mir ein behagliches Ergötzen durch Betrachten der schönen Dinge in der Stille." Und so versuchte Reza ihm seine Lage zu schildern.

Pervis aber warf ihm vor:

„Kein Wunder! Du triffst dich ausschließlich mit deinen deutschen Freunden und nicht mit unseren Landsleuten. Du gehst oft einsam. Du reist auch allein. Du wirst womöglich deine Muttersprache bald vergessen, wenn du dich so absonderst, und das schafft nur Vorurteile über dich."

Und anschließend nötigte er ihn bittend, an einer Samstagsitzung teilzunehmen und Reza sagte:

„Ich habe von diesem Treffen gehört, aber ich kenne die meisten Beteiligten nicht. Sie sind zu jung für mich und viele von ihnen sind auch Neuankömmlinge. Und nirgendwo wird der Mensch so wenig Anerkennung erlangen wie unter seinen Landsleuten und in seiner Heimat."

„Und viel Wissen macht einsam", fügte Pervis Reza´s Weisheit von früher hinzu.

„So ist das, leider", bestätigte ihm Reza, rieb mit den Fingern seiner rechten Hand die Schläfe und ergänzte: „Und die meisten von all denen sind perfide, voller Missgunst, und sinnen auf etwas anderes als wir, ich meine `du und ich´ oder sie sind vordergründig, irrational und so jugendlich spontan."

Dann dachte er kurz nach und während er kurz nachdachte, brachte die Kellnerin das Kännchen Kaffee. Und ihr `hier, Bitteschön´ wurde mit dem `Danke, sehr liebenswürdig´ von Pervis erwidert und er fuhr fort:

„Außerdem habe ich bis jetzt schlechte Erfahrung mit derartigen jungen Landsleuten gemacht, die im Exil leben. Es fiel mir auch schwer, welche zu finden, die meiner Vorstellung entsprachen."

„Du sollst nicht alles so schwarz sehen. Es gibt unter ihnen auch solche, die reserviert und sehr nett sind", widersprach ihm Pervis.

„Nein, ich kenne sie nicht und ich bin nicht geneigt auch welche von ihnen näher kennen zu lernen", lehnte er ab.

„Reza, mein Freund versuche bitte einmal zu kommen und dir ein Bild von ihnen zu machen und dich selbst zu überzeugen und du wirst an dem Abend mein Gast sein", versuchte Pervis mit liebevoller Stimme ihn zu überzeugen, während Reza ihn noch immer zweifelnd ansah.

Die flehentlichen Blicke und die schmeichelhafte Art von Pervis und sein serviles Benehmen, das einen Hauch von Duckmäuserei in sich trug, ließ seine armenische Herkunft verraten und sie ist nicht anders zu deuten als ein Überbleibsel der Demut seiner von den Türken enteigneten und von dem Berg Ararat vertriebenen Ahnen, die sich in Isfahan als Lastträger und Kleinhändler niedergelassen hatten und immer noch als Minderheit in der Diaspora dort lebten. Er war zwar Christ, aber auch nur namentlich, so wie sein Freund Reza Moslem war.

„Du weißt, dass deine Vorschläge mir aufs Höchste willkommen sind und auch wenn es mir so schwer fällt, mich zu meinen Exillandsleuten zu gesellen, werde ich diese Einladung nicht zurückweisen…"

Der Anblick eines Stadtstreichers, der verwahrlost samt seiner schäbigen Habseligkeiten sich am Cafehaus vorbeischleppte, lenkte Reza von seinem Gespräch kurz ab. Dann bekräftigte er sein Einverständnis mit:

„Also, du kannst mit meinem Kommen rechnen und ich werde dort sein." Das versprach Reza seinem Freund, um ihn nicht zu enttäuschen, indem er auch mehrmals mit dem Kopf nickte.

Indes waren Pervis Augen auf der Suche nach der Kellnerin, die sie bediente und es war für ihn auch leicht, sie unter den anderen blonden Kellnerinnen zu identifizieren. Er wartete nur darauf, dass sie ihn sah, damit er ihr das Zeichen des Aufbrechens geben konnte. Endlich trafen seine Augen die ihren, er winkte und sie gab ihm mit einem Kopfnicken ihr `ok´. Nach einer kurzen Weile stand sie vor ihm, nahm ihre schwarze Geldbörse aus dem Futteral, das seitlich am Gürtel an der weißen spitzen Schürze hing und kassierte die Rechnung. Im Gehen unterhielten sich die beiden Freunde weiter und in der U-Bahn-Sperrzone trennten sich ihre Wege.

In der Woche danach traf sich Reza, wenn auch etwas verspätet, mit seinen Landsleuten, die alle an einem großen länglichen Tisch in einer Nische saßen, die nicht sehr tief im Verhältnis zu ihrer Länge war, und zwar etwas abseits von den übrigen Gästen des Restaurants. Mit ihm eingerechnet waren sie dreizehn an Zahl. Er verbeugte sich und grüßte jeden von ihnen mit einer melancholisch-freundlichen Miene und zurückhaltender Gestik, wie es zu seiner Art gehörte. Höflich und reserviert stellte er sich bei diesen vor, die er zum ersten Mal sah oder flüchtig kannte, und er erkundigte sich bei ihnen nach ihren Herkunftsstädten im Iran und ihren

Tätigkeiten in der hiesigen Stadt. Zwei unter ihnen, die er von früher kannte, waren zwar sehr lustig, aber dennoch mit höchster Vorsicht zu genießen. Er selbst hatte sie wegen ihrer Hinterlist und Heuchelei noch nie ausstehen können, dennoch musste er ihnen und auch solchen, die ihm nicht gerade wohl gesonnen waren, die Hand geben. Er hoffte eine Person namens Feridun, einen gleichaltrigen gebildeten netten Perser zu treffen, erfuhr jedoch später von Pervis, dass dieser sich seit längerer Zeit nicht mehr zu dieser Klicke gesellen wollte. Etwas enttäuscht suchte Reza einen leeren Stuhl und setzte sich hin.

Drei kleine kristallene Vasen mit je drei weißen Lilien und Farnwedel aus Plastik schmückten den ungedeckten Tisch. Ebenso lagen in seiner Längsachse drei Karusselle aus Edelstahl mit Salz-, Zucker-, Pfefferstreuer, einer Karaffe gefüllt mit Weinessig, einer zweiten mit Olivenöl und einem kleinen Behälter gefüllt mit Zahnstochern. Neben den Aschenbechern lagen die Speisekarten und daneben auf Bierdeckeln standen die frisch gebrachten Gläser Bier oder die noch dampfenden Tassen Kaffee. Drei ausgestopfte Hirschköpfe mit prachtvollen Geweihen blickten von gegenüber auf die speisenden Gäste und zeugten von dem Stolz des Jägers, der sie erlegt hatte. In einer der zwei Ecken der Nische stand auf einem hölzernen

Sockel eine metergroße Adonisfigur aus weißem Porzellan und an der Wand hing ein Gemälde von Claude Monet `Mohnblumen bei Argenteuil´, das eine Dame mit einem Sonnenschirm in der Hand und ihr Kind in einem Mohnfeld zeigte und das auch unverkennbar als Imitation dem Betrachter sofort ins Auge fallen musste. Eine bayrische Gaststätte, die zum Teil mit multikulturellen Kunstgegenständen ausgestattet war, beherbergte ein gemischtes Publikum, was eigentlich nicht typisch für eine konventionelle Gaststätte in Bayern ist. Der Alte `Sepp´, der Eigentümer, sagte Pervis, starb vor einem Jahr und hinterließ sie seinem einzigen Sohn `Christian´, der mondän und alternativ angehaucht war.

Ein Kellner, ganz in Schwarz, ließ nicht lange auf sich warten und fragte ihn, was er zu trinken wünschte.

„Ich hätte gern ein Glas Rotwein, halbtrocken bitte. Haben Sie auch Bordeauxweine?", wollte er wissen, während seine rechte Hand mit dem Ohrläppchen spielte.

„Ja, das haben wir", sagte der Kellner.

„Bringen Sie mir davon ein Glas und ich hätte auch gerne zum Essen etwas bestellt...hm..." zögerte er ein wenig schmatzend und entschied sich für einen Kalbsbraten.

`Ein Glas französischer Rotwein, ein Kalbsbraten´, murmelte der Kellner vor sich hin, während er dies auf seinen kleinen Bestellblock notierte. Dann räumte er mit dem Kugelschreiber zwischen den Zähnen einen Aschenbecher weg und ging zu den anderen, die inzwischen beim Studieren und Ausdiskutieren der Speisekarte waren, um weitere Bestellungen entgegenzunehmen. Nachdem der Kellner sich von ihnen abgewandt hatte, fing das Gespräch über Fußball an, dann über Politik, gewürzt zwischendurch mit dem Erzählen von unflätigen Witzen, über die sie sich prächtig amüsierten, begleitet gelegentlich von ihrer obszönen Gestik und von boshaftem Lästern über andere, die nicht anwesend waren. Und nur so hielten sie ihre beste Laune aufrecht. Dann saß da rechts von ihm ein unauffälliges Wesen mit kleinen runden schattigen Augen, ein Kfz-Hobbywerkstatt-Betreiber, der ununterbrochen zu Pervis über seinen ehemaligen Lotteriegewinn von zehntausend Mark redete.

„Hier, bittschön, ein Glas Rotwein", servierte ihm der Kellner sein Getränk.

Nach und nach füllte sich die Gaststätte mit Gästen, die überwiegend Deutsche waren. Zuweilen gellten die frechen Gelächter seiner Landsleute im Gemurmel der speisenden Gäste wie Wolkenkratzer durch die Rauchwolken der Zigaretten in die Höhe. Reza war es sehr

166

peinlich. ‵Was sind denn das für unanständige Witze; es ist sehr beschämend unter diesen Landsleuten zu sein. Gott sei Dank, dass keiner hier unsere Sprache versteht´, dachte er und wunderte sich, wieso sein Freund Pervis, den er früher für einen Mann mit Anstand und guten Charakter gehalten hatte, so schnell abgefallen war, denn es ziemte sich wahrhaftig nicht für ihn, zu diesem Gesindel gezählt zu werden. Reza verschmähte jedoch diese schamlose Unart von Unterhaltung, die ja auch ohne jeden Zweifel unter seinem Niveau lag und die er nach seinem Moralkodex selbstverständlich als ethisch verwerflich einstufen würde. Er hatte eine Aversion gegen gewisse obszöne Wörter und abartige Formulierungen, er hielt sich von diesem Gelabere zurück und schwieg fast die ganze Zeit oder sagte nur das Nötigste. Mitunter tauschte er mit Pervis, der ihm schräg gegenüber saß, Blicke des Zufriedenseins. Selbstverständlich war er damit nicht ganz ehrlich zu seinem Freund und auch nicht zu sich selbst. Dann ergriff er die Initiative um dem Gespräch eine positive Wendung zu geben und wollte ihnen etwas über einige literarische Werke, die er neuerdings gelesen hatte, erzählen, aber seine Themen fanden kaum Beachtung und wurden schnell wegen der Oberflächlichkeit und Vordergründigkeit seiner Zuhörer missachtet. Seine tiefsinnigen Gedanken, die er ihnen gern vermitteln wollte und die ihre Leere zu entlarven drohten, wurden also sofort von ihnen im Keim erstickt. Seine Belesenheit und die hochgehobene Sprache, die er pflegte, machten sie nur noch neidischer und sie wurden mit Gesten der Verachtung erwidert. Ihre ruckartigen Bewegungen und ungehobelten Manieren empfand er in seiner geistreichen und feinen Art als unangenehme Stiche. Unerträglich waren für ihn auch ihre unbedingten Recht- habereien, ihre Engstirnigkeit und Beschränkt- heit im Denken. `Schade´, sagte er zu sich, biss sich fest auf die Lippen vor Reue, hob sein Glas Wein, betrachtete die weinrote Farbe dieses zauberhaften Getränkes und nahm einen Schluck davon `Schade! Diese Art Menschen sind unverbesserlich. Sie können weder für mich noch ich für sie nützlich sein, und ich frage mich, was ich hier zu suchen habe´. Er saß von der Reihe der Stühle etwas zurück und zog sich für einige Minuten von ihrer Diskussionsarena, die nicht die seine war, zurück, tat so als beschäftigte er sich scheinbar mit der Pflege seiner Handrücken und Fingernägel. In Wirklichkeit wollte er an ihrem Unterhaltungsvergnügen nicht teilneh- men. Er ließ das Haupt etwas hängen und eine kleine Haarlichtung kam zum Vorschein. Und nur Pervis nahm von seiner gebeugten Haltung Notiz. Er war in sich versunken, ließ seine Gedanken woanders hin wandern und segelte in dem Meer seiner Halbträume. Er segelte zu einer Welt, die ihn gewöhnlich zu sich rief, wenn er sich nicht zu einer Situation gehörig fühlte. Aber die Redewillkür und die Gedankenspontaneität seiner Landsleute warfen das Lasso nach ihm und zogen ihn in den Hades ihrer besudelten Seelen hinunter. Mitten in ihrer Gegenwart, mitten im Gelächter oder der heftigen Auseinandersetzung entfloh ihm leider ein subtiler Gedanke, eine Weisheit. Er hätte sie gern niedergeschrieben und er liebte die Momente, in denen er von einem geistreichen Gedanken getroffen wurde. Für ihn war das ein Schmetterling im Garten der zarten Wörter. Er haschte diesmal vergeblich nach ihm. Er wäre gern hinter ihm her geflogen. Gerne wäre er frei, frei in der Welt der Inspiration, fern von all der Denkinzucht, die diese Menschen um ihn mit ihrer kleingeistigen Art betrieben. Ihr Benehmen war ein ausreichendes Indiz dafür, dass er in den letzten Jahren viel reifer geworden war als alle seine hier ansässigen Landsleute. Die spontane Handlungsweise und die Wichtigtuerei waren bei ihm schon längst abgeschwächt, ja sogar ganz abgeklungen, ebenso die ehrgeizige Zielsetzung, die von vielen aus seinem Bekanntenkreis mit dem Ellbogen angestrebt wurde, und der Wetteifer, immer der beste zu sein und das Schönste zu besitzen. Alledem hatte er damals abgeschworen, und wurde gleichgültig gegen-über dem politischen Geschehen und den Errungenschaften seiner Altersgenossen und Neider. Und selbst die sozialpolitischen Ideale, für die er sich früher enthusiastisch eingesetzt hatte und die das Barometer seiner Gemütserregung waren, bewegten ihn nur geringfügig. Er sah sich über all diesem stehend und auch von der Mentalität und der Denkweise, in die er hineingeboren worden war, befreit ... nur so konnte er sich einen freien Raum für ein selbständiges Denken und Handeln aneignen. Er agierte trotz all der Reize und dieses hektischen Lebens um ihn herum autonom und ließ sich nicht mehr so leicht beeinflussen oder aus der Fassung bringen, oder er versuchte es zumindest.

Dann kam das Essen und sie speisten, während sie mit kauendem und schmatzendem Munde ihr dummes Zeug weiter plapperten. Nur ihre Unterhaltung verlor etwas an Lebhaftigkeit und das Besteck in den Händen verhalf ihrer Gestik zu mehr Betonung. Er hatte als erster sein Menü bekommen, begleitet mit einem `Guten Appetit´ des Kellners, und war als letzter mit seinem Essen fertig. Er ließ kaum Essensreste übrig, legte Gabel und Messer auf den Teller, schubste ihn etwas von sich weg und tupfte mit der Serviette seinen Mund ab. „Ausgezeichnet", murmelte er zu sich. Und während sie sich weiter amüsierten kam der Kellner wieder und räumte das Geschirr ab.

„Hat es ihnen gut geschmeckt?", wollte der Kellner auch von ihm wissen.

„Ausgezeichnet", sagte er diesmal lauter, vornehm mit dem Kopf nickend.

Nachdem der Kellner das meiste Geschirr weggeräumt hatte, folgte eine kurze Pause, die zwischendurch mit lahmem Gerede von diesem oder jenem unterbrochen wurde. Nun, ihr plötzliches Zufriedensein rührte sicherlich von ihrer Saturiertheit und der Fressnarkose her.

„Ich frage mich manchmal, warum die islamischen Länder im Westen als Drittwelt-länder bezeichnet werden und wieso uns die Europäer geistig, wissenschaftlich und wirt-schaftlich überlegen sind", sagte einer sinnend, der, hackennasig und bebrillt, von Beruf Architekt war, Farhad hieß, direkt links neben ihm saß und noch dabei war seine Zähne mit einem Zahnstocher zu säubern.

„Die Vernunft", kam die Antwort von Reza lapidar und ohne zu zögern.

Der Hobbywerkstattbetreiber glaubte in seiner Angeregtheit, im Stande zu sein, eine noch befriedigendere Antwort zu geben, in dem er sich spontan und vorlaut einmischte:

„Die Europäer gelangten an das letzte Wissen, indem sie unseren Koran, der die Lösung der Rätsel dieser Welt, die zwischen den Zeilen der Suren verborgen liegt, in ihre Sprachen übersetzten, unter die Lupe nahmen, mit Erfolg das Geheimwissen herausholten und sich zunutze machten, während wir Idioten seit über ein Jahrtausend nicht darauf gekommen sind."

„Das, was er sagte, ist wirklich wahr, obschon es sehr einfach klingt", bestätigte einer der beiden Hinterhältigen und mit „ganz Recht" wurde er darin von dem Anderen bekräftigt.

Reza konnte mit derartigen Behauptungen nichts anfangen. Erst ließ er darauf ein ersticktes „Tja" von sich verlautbaren, dann sagte er gar nichts und wunderte sich über die Leichtgläubigkeit seiner Landsleute, die solchen Schwachsinn von irgendwelchen dummen Moscheepredigern und Freitagsimamen in ihre Köpfe eingepflanzt bekommen haben. Ebenso wunderte er sich, dass unter ihnen ein Arzt und zwei Ingenieure waren und keiner sich zu zweifeln oder zu fragen traute:

`In welcher Sure im Koran, bitte, steckt das Geheimwissen der Quantenmechanik oder der Relativitätstheorie´?

„Was meintest du vorhin genauer mit `Vernunft´?", wollte sein Nachbar Näheres von ihm wissen.

„Das logisch-rationale Denken, die Menschenwürde und die Achtung vor Anders-denkenden und vor der Freiheit jedes Individuums, das waren die Errungenschaften der Reformation, der Aufklärung und der französischen Revolution. Und was du in Europa heutzutage siehst, sind die Konsequenzen dieser positiven Veränderungen. Heutzutage wissen die meisten Europäer streng zu trennen zwischen dem Sakralen und dem Weltlichen, während in den islamischen Ländern die Religion immer noch die Dominanz und die totalitäre Herrschaft über unsere Völker hat. Sie scheint womöglich in den Genen unserer Menschen zu stecken", sagte Reza.

Als die anderen vier, Pervis ausgeschlossen, die noch in seiner Nähe saßen, seine Schuldzuweisung auf die Religion registrierten, richteten sie erstaunt und wissbegierig ihre Aufmerksamkeit sofort auf ihn und hörten gespannt zu.

„Und was macht die Religion schlecht, wenn ich dich fragen darf?", fragte der Nachbar weiter.

Reza hielt seine Brille zwischen Daumen und Zeigefinger der beiden Hände und setzte sie zurecht, warf den Kopf in den Nacken, überlegte kurz und sagte:

„Die Religion ist nicht schlecht, sie ist nur nicht mehr zeitgemäß. In ihrer Zeit war sie ohne Zweifel revolutionär, sozial und reformatorisch. Es ist auch wahr, sie hält die Menschen zusammen und gibt ihnen Halt, pflegt in ihnen ein humanes Gewissen und gibt ihnen Moral, aber sie dominiert, schreibt vor, wie der Einzelne sich verhalten soll, zensiert sein Leben und beschränkt sein Denken, während im Westen laizistische Regierungen durch demokratische Wahlen an der Macht sind und ein vom Menschen geschaffenes Gesetz herrscht und nicht das Gotteswort. Ein gesunder Mensch soll selbst entscheiden, welchen Glauben er sich an-eignen möchte, sofern er die Schwelle des achtzehnten Lebensalters überschritten hat, denn ab diesem Alter gilt er als im Vollbesitz seiner geistigen Kräfte und man geht davon aus, dass er fähig ist, die volle Verantwortung über sein Leben zu übernehmen und er darf dann nicht bevormundet werden. Er soll also die Zügel seines Schicksals selbst in die Hand nehmen und den Pfad seines Werdens sich selbst vorschreiben. Es ist nicht die Aufgabe des Staates, ihm die Religion seiner Eltern oder irgendeine andere Religion aufzuzwingen. Dies gilt auch für die Wahl seines Lebenspartners. Zwang und totale Kontrolle schaffen in Wirklichkeit Verlogenheit, Heuchelei und Unauf-richtigkeit bei dem Einzelnen und hemmen die Entwicklung eines Landes. Jedenfalls, um es kurz zu fassen, bei uns werden leider Freiheit und Würde des Individuums mit Füßen getreten und der Mensch ist ein Gefangener der Religion seiner Eltern, deren Zensur er lebenslang ausgesetzt ist."

Der Nachbar Farhad dachte kurz nach und sagte dann energisch:

„Niemand verbietet dir das Denken, die Religion sorgt nur für den Erhalt der Werte, damit das Volk nicht der Dekadenz und dem Verfall preisgegeben wird."

„Das ist völlig richtig. Die Religion erlaubt mir das Denken an sich und ich bin schließlich ein denkendes Lebewesen, aber sie verbietet mir meine Gedanken zu äußern, die sie für gefährlich einstuft, und diese mit den anderen auszutauschen. Schließlich duldet sie auch keine Kritik. Übrigens: Wir dürfen nicht außer Acht lassen, dass eine totalitäre religiöse Über-wachung der Menschen nur eine heuch-lerische Gesellschaft hervorbringt und noch dazu die Wissenschaft zum Stagnieren bringt. Da, wo eine Religion herrscht, wohlgemerkt, herrscht auch Intoleranz und Dummheit."

„Wo denkest du hin?" fragte einer, der drei Stühle schräg links von ihm saß und fügte noch hinzu:

„Wenn das so wäre, wie du dir das vorstellst, `ein Volk ohne Religion´, so würden unsere Werte und unsere Familienstruktur zerfallen, und unsere Menschen gewissenlos und zu allem fähig werden. Ich bin nicht bereit, meine achtzehnjährige Tochter oder Schwester von Männern geschwängert zu sehen und Zeuge zu sein, wie sie uneheliche Kinder in diese Welt setzt oder als Prostituierte ihre Geschäfte nachts auf der Straße treibt. Und ich frage mich: Welcher Mann ist überhaupt für so was bereit, du etwa?"

„Nein, ich bin auch mit so was nicht einverstanden und selbst ein Europäer auch nicht. Eine gute Erziehung erlaubt es normalerweise nicht, dass es soweit kommt. Diese Gefahr besteht leider selbst unter strengen theokratischen Regimen, nur verdeckt, und die Religion verhindert bloß, dass es in die Öffentlichkeit gelangt. Ich kenne nämlich Leute, die atheistisch erzogen sind und dennoch ein Herz für bedürftige Menschen, für Tiere, ja sogar auch für Pflanzen haben. Sie handeln im Beruf und im Umgang mit ihren Mitmenschen ganz aufrecht, gewissenhaft und nach dem allgemein gültigen Kodex des Zusammenlebens. Und ich kenne auch eine ganze Menge koranfeste Moslems, und das könnt ihr mir auch bestätigen, die ihre moslemischen Brüder betrügen und heimlich freveln. Der heutige Islam ist wie seine Burka, die er den Frauen vorschreibt. Er verbirgt schöne und hässliche Menschen unter sich und erzeugt bei ihnen eine Doppelmoral.

Historisch gesehen haben religiöse Großgemeinschaften gezeigt, dass skrupellose Menschen bei ihnen sehr wohl entstehen können. Ich erinnere hier an die christlichen Kreuzzüge und an die islamischen Eroberungskriege. Und ganz zu schweigen davon, wie der Prophet seine Botschaft realisiert hat, denn er war, islamischen Chronisten zur Folge nicht gerade zimperlich mit seinen Feinden, den Ungläubigen und vor allem den Juden. Ich möchte hier nicht ins Detail gehen, sondern verweise in diesem Zusammenhang auf das Buch - Curriculum Vitae des Propheten - von Ibn Ishak, des ersten islamischen Chronisten überhaupt."

Als der Prophet mit Grausamkeit in Zusammenhang gebracht wurde, spitzten sich diesmal alle Ohren und einige Augen wurden rot. Er seinerseits ahnte erst nicht, dass er damit die Gemüter erregte, an den Säulen ihrer Wir-Fundamente rüttelte und etwas wie Schulterschluss und Bereitschaft zur Verteidigung hervorrief, und setzte seine Rede unbekümmert fort:

„Viele von uns setzen fälschlicherweise `westliche Werte´ mit `Dekadenz´ gleich und wünschen ihrem Land so hoch entwickelt zu sein wie ein westliches Land. Die Dekadenz gab es in allen Zeitepochen und in den verschiedensten Regierungsformen. Sie ist ein unvermeidliches

Phänomen des menschlichen Zusammenlebens und manchmal auch eine Begleiterscheinung des geistigen Gedeihens. Etwas Dekadenz,…Bitte, versteht mich nicht falsch, ich sagte, `etwas Dekadenz´ bietet den Moralisten und Puritanern einen Vergleichsmaßstab, schenkt dem Leben etwas Farbe und macht es interessant, zu viel davon ruft natürlich Eckel hervor und führt zum Verfall, so wie das Trinken von zu viel Wein. Früher leistete eine Religion für ein friedliches Zusammenleben innerhalb einer Großgemeinschaft ihren Beitrag und gleichzeitig sorgte sie auch für Kriege zwischen den Völkern, das muss man auch erwähnen. Der einfache Mensch, der eigentlich die Masse bildet, scheint die Religion unbedingt zu brauchen. Sie tat und tut zum Beispiel dem Intellektuellen und dem Einsiedler nicht Not. Jeder Mensch, der anderen Menschen etwas Gutes tut und ihnen keinen Schaden zufügt, ist für mich ein frommer religiöser Mensch, ob er glaubt oder nicht glaubt; ihm gebührt mein Respekt."

„Mit allem Respekt, Herr Reza Schuschterzade! Wenn Sie an unserer Religion und unserem Heiligen Buch zweifeln, so empfehle ich Ihnen unsere großen Religionsgelehrten und ihre großen Werke. Ich kann Ihnen nämlich einige Namen nennen, wenn es Ihnen Recht ist, denn diese können ihren Zweifel beseitigen und Sie sicherlich zufrieden stellen", rief ein bisher wie unbeteiligt dasitzender Zuhörer mit länglichem, magerem Gesicht und hervortretenden scharfen Backenknochen und buschigem schwarzen Schnurrbart, der neben den beiden Hinterhältigen saß.

„Danke für den Tipp. Auf diese Quellen bin ich früher oft gerade dann verwiesen worden, wenn meinem Gegner der Boden der Diskussion bedauerlicherweise austrocknete", erwiderte ihm Reza etwas unhöflich.

„Ach, so ist es also", zog der Schnurrbärtige sich nach rechts und links umschauend verzweifelt zurück.

„Und was ist mit Paradies und Hölle, die uns verheißen wurden?" fragte ihn spontan und etwas entsetzt der Kfz-Hobbywerkstattbetreiber.

„Wie kann man so naiv sein und an Himmel und Hölle glauben. Nehmt es mir bitte nicht übel, ich halte solch eine unbegründbare Behauptung der Schriftreligionen für einen Schwachsinn. Dies ist eine bloße Lüge mit guten Absichten und daher mit längsten Beinen. Ich bin der Ansicht, dass die Religion eine für den einfachen Menschen notwendige Lüge ist. Wie dem auch sei, du kannst nicht von einem denkenden Menschen erwarten, dass er, ohne überzeugt zu sein, diesem Schwachsinn Glauben schenkt. Glaub du ruhig daran. Niemand wird dir verbieten daran zu glauben; aber zwinge deinen Glauben den Anderen nicht auf. Nach meinen Begriffen ist Gott die Essenz der Schöpfung. Er ist nicht der Alte, der da oben im Himmel thront, uns postum mit hübschen Jungfrauen, Milch, Wein und Obst ständig versorgt. Auch das Paradies ist sinnbildlich zu verstehen, es ist die Glückseligkeit, nach der jede Seele trachtet. Gott und Paradies sind unsere Ursehnsüchte. Sie waren vor der Entstehung des Islam vorhanden und sind uns immanent", antwortete Reza.

„Habt ihr das mitgekriegt, unser Prophet, unsere Imame und Gelehrten betrügen uns seit Jahrtausenden!" rief vehement der Kfz-Hobbywerkstatt-betreiber mit seinen frechen Augen, die bei seinen Tischgenossen Rückendeckung suchten.

„Bitte versuche meine Worte nicht zu verdrehen. Ich habe gesagt die Schriftreligionen und vor allem, was sie den Menschen verheißen, ist eine Lüge, wenn sie es nicht sinnbildlich meinen", korrigierte ihn Reza.

„Sie belügen uns also!" wollte der Kfz-Hobbywerkstattbetreiber die Aussage Rezas bestätigt haben.

„Allerdings und das übrigens zu eueren Gunsten", sagte Reza, wandte sich seinem direkten Nachbarn zu und fuhr fort:

„Um auf deine Frage, warum unsere Länder nicht wie die Westlichen hoch entwickelt sind, zurückzukommen: Die Freidenker stellen wohlgemerkt die Keime einer Vorwärtsentwicklung dar. Fehlen sie in einem Land, so schreitet es rückwärts. Jeder Freigeist würde in einer fanatisch denkenden Gemeinschaft verkümmern, und Dogmen der Religionen erzeugen mit der Zeit Gedankenwiederkäuer, die man als `theologische Philosophen und Moralprediger´ bezeichnet, die für den Fortschritt aber keinen Beitrag leisten. Dies führt schließlich zu kollektiver Intelligenzhemmung."

Der Architekt Farhad hielt die Tasse am Henkel zwischen den Fingern und wollte gerade einen Schluck Kaffee zu sich nehmen, während er ihm zu hörte, stellte sie aber wieder auf ihr Untertellerchen zurück, da er sich veranlasst sah, ihn zu unterbrechen, um einen Zweifel darüber zu äußern, wie ein Gewissen ohne Glauben entstehen könnte, und um seine Meinung bezüglich der Rolle der Religion in der Entwicklung der Sprache, der Schrift und selbst in den verschieden Disziplinen der Wissenschaft und abgesehen davon, wie sie die Kunst fördert, Ausdruck zu geben, aber dies gelang ihm nicht wegen eines kahlköpfigen korpulenten Typs, der sich ständig unruhig verhielt. Ein Taxifahrer von Beruf, mit wulstigen Lippen und breitem backenknochigem Gesicht, mit einem Leberfleck am Hals und martialischer Tätowierung an den beiden Unterarmen, ein Mann, den Reza noch nicht kannte, saß ihm schräg rechts gegenüber, neben Pervis. Reza konnte sich seinen Namen nicht merken als er ihm vorgestellt wurde. Er hatte Reza schon vor dem Essen mehrmals nicht zu Wort kommen lassen und aus seinem Gesicht ließe sich leicht Schadenfreude erraten. Fernerhin wollte er ihn durch sein ständiges Grinsen und durch eine Geste der Gering-schätzung verletzen und beleidigen, indem er still bei sich, aber dennoch vernehmlich murmelte: ʿGerade Leute, die kaum Ahnung haben, bilden sich ein, Intellektuelle zu seinʾ, und versuchte sich auf diese Art mit Reza anzulegen. Reza reagierte auf diese Anspielung allerdings nicht. Wie gesagt, es war zwischen ihm und Reza schon zu Beginn der Sitzung eine gegenseitige Apathie vorhanden gewesen, die sich auch durch den Unterschied in der Kleidung und der Gestik bemerkbar gemacht hatte. Es lag eine Gereiztheit in der Luft, die sich mehr und mehr auflud.

Nur einer von den Tischgenossen, ein Anästhesist, seit kurzem im Ruhestand, der sehr weit von Reza entfernt saß, der vornehm und still, aber im Allgemeinen intellektuellen Ge-sprächen zugetan war, wollte durch tröstende Blicke und nette Worte seine Nähe suchen, aber vergeblich.

Und der Kahlköpfige schrie mit erhobenen Händen:

„Und seit wann sind wir Gläubige schlechte und dumme Menschen, ha, könnt ihr mir, bitte, das verraten?"

Reza ignorierte ihn, trank etwas hastig seinen letzten Schluck Wein und richtete, wenn auch etwas zögernd und beunruhigt, seine Aufmerksamkeit weiter dem Architekten Farhad zu und beteuerte:

„Keiner hat behauptet, dass eine Religion schlecht ist, wie gesagt, aber trotzdem spielt sie im nuklearen Zeitalter und im Zeitalter des Computers und des Internets eine entwicklungshemmende Rolle. Das ist meine feste Überzeugung."

„Genug! Wir haben dich ausreden lassen, Gotteslästerer", griff der Kahlköpfige Reza persönlich an, „Abtrünniger", und erhöhte dabei noch den Ton. „Du dünkst dich etwas Besseres als wir zu sein", sagte er ganz aufgeregt und schaute ihm durchdringend und zugleich mahnend in die Augen und nahm dabei grinsend eine kriegersche Haltung mit vorgestrecktem Haupt ein. Seine erröteten Augen quollen hervor und öffneten sich weit und die rechte Faust ballte sich auf dem Tisch noch fester. Aus der Physiognomie des Bösewichtes kam der Zähne fletschende Wolf der Abgründe mit seinem Knurren zum Vorschein. Dann ließ er von seinem Blick ab. `Es wird Zeit, dass unsere Staaten unser Unkraut zu jäten beginnen. Gotteslästerer wie Ehebrecher gehören gesteinigt ´, stieß er den Kopf abwendend hasserfüllt hervor.

Plötzlich geriet einer der Lästerer in ein verdrängtes, aber dennoch heftiges Kichern, dem er nicht Einhalt gebieten konnte. Pervis warf ihm aus dem Augenwinkel einen Blick voller Abscheu zu, und der Lästerer wandte sein Gesicht ab um sein Kichern zu verbergen.

„Wieso?" fragte Reza den Kahlköpfigen ziemlich eingeschüchtert.

„Ich will dir sagen `Wieso?´, nämlich Typen wie du...", drohte er ihm noch heftiger.

Eine leichte Blässe überflog Pervis Gesicht und dieser unterbrach ihn sofort:

„Ich bitte dich...", sagte er und hielt seine Hand fest um ihn zu beruhigen.

„Masood!", rief einer von der anderen Ecke „Reg dich bitte nicht auf und behalte die Nerven."

Diesmal musste Reza den Namen `Masood´ sich gut merken.

Und Pervis setzte seine Besänftigungstour fort:

„Wir sind hier in diesem Restaurant und in diesem Land Gäste und wir müssen uns an die Regeln der Gaststätte halten und Anstand zeigen."

„Schon gut! Ich habe verstanden, du willst, dass niemand Kritik an der Religion übt", versuchte Reza das Gespräch zu beenden, denn er wollte auch nicht als eingeschüchtert und verstummt sitzen bleiben.

Mit aufgerissenen Augen und sorgenvoller Miene, und bevor der Kahlköpfige die Bestie seines Inneren loskettete, sagte Pervis:

„Ich bitte euch! Sprechen wir lieber von etwas Anderem!" Dies sagte er, um eine dramatische Eskalation der Diskussion zu verhindern und der gereizten Stimmung ein Ende zu setzen, und vor allem, um seinen Freund aus der ausweglosen Situation zu retten. Und da er einsah, dass kein anderes Gespräch möglich war, rief er den Kellner um sofort zu zahlen und bezahlte sein Essen und das Essen seines Freundes Reza mit.

Beängstigt und bleich, mit gesenktem Kopf blickte Reza auf den Kahlköpfigen, als der Kellner bei diesem am Kassieren war, und er hatte das Bedürfnis, ihn noch zu fragen: `Was weißt du von deiner Religion und den

Grausamkeiten, mit der sie gestiftet, praktiziert und verbreitet wurde.´ Aber er wagte es nicht zu sagen und wusste, dass solche Fragen die Debatte noch mehr hoch schaukeln und in einer gefährlichen Spirale womöglich zu Handgreiflichkeiten führen könnten, und dass er selbst von seiner strenggläubigen Familie im Iran verfemt werden könnte. Seine Situation erforderte eine starke Selbstüberwindung und er ließ gedemütigt den Kopf hängen und sagte kein Wort mehr. Obwohl er sehr gut wusste, dass Pervis seine Ansicht ganz und gar teilen und ihm zustimmen würde, suchte er keinesfalls bei ihm Bestätigung, so wie die meisten es gern tun, zumal auch weil Pervis ein Christ war und er ihn allein deshalb nicht in ein Dilemma stürzen wollte. Es war auch gut so. Hätte Pervis eine kritische Haltung gegenüber dem Islam geäußert, so wäre er als fremdes Element oder als unmittelbarer westlicher Feind, der ihre Religion zu zerstören drohte, in ihren Ohren erschienen. Reza war innerlich niedergeschmettert und zugleich wütend; wütend vor allem auf seinen Freund Pervis, der ihn hierher eingeladen hatte und auch auf sich selbst, dennoch durfte er die Wut nicht zeigen und musste beherrscht erscheinen. Seine Verzagtheit und die Niedergeschlagenheit lieferten ihn unbarmherzig dem Verlies der Resignation aus und seine innere Ruhe geriet aus dem Gleichgewicht, und dennoch ließ sich dies seinem Gesicht kaum entnehmen. Selbst Pervis konnte seine Niedergeschlagenheit nicht ganz deutlich von seinem Gesicht ablesen, aber sie war doch deutlich genug, so dass er ihn mehrmals mit wachsender Sorge ansah, eben weil er ihn als Meister der Selbstbeherrschung gut kannte. Reza seinerseits hatte früher gedacht, dass er gegen ihre aggressive Verhaltensweise und verbalen Angriffe gefeit wäre. Scheinbar hatte er sich wohl verschätzt. Reza´s Melancholie, die ihm oft alles grau, tief und bodenlos ausmalte, ihm alles trostlos erscheinen ließ, ihn völlig lähmte, seine Kräfte und jedweden Sinn seines Seins raubte, war plötzlich da und begann sich wie ein Nachtmahr langsam in seine Seele zu schleichen. Ihm war es, als sei es ihm noch nie so elend, so trostlos in der Seele ergangen.

Als sie dann auseinander gehen wollten, sagte ihm Pervis, während er ihn am Oberarm festhielt und noch ein Stück des Wegs mit ihm ging:

„So wie ich dich gut kenne, warst du nie ein Freund der Vernunft und der Logik. Und siehe da, du hast heute nur dafür gepredigt. Ein Widerspruch, den ich mir nicht erklären kann."

Und Reza sagte:

„Das stimmt, ich selber bin der Spiritualität und der Mystik geneigt und ich bin nicht für die Vernunft im strengsten Sinne, aber wir Orientalen handeln leider viel zu unvernünftig und wenn unsere Nationen mit dem Westen Schritt halten wollen, so müssen sie wohlgemerkt den Weg gehen, den die Europäer gegangen sind, so müssen sie von dem, was sie rückschrittlich macht und dumm hält auch ablassen und schließlich: unser Tischgenosse, der Architekt, suchte nach einer Antwort auf seine Frage." Hier machte er einen kurzen Halt, schaute zu Boden, kratzte an seine rechte Schläfe und bedankte sich bei ihm:

„Apropos; Ich danke dir für die Einladung."

„Gern geschehen", kam die Antwort von Pervis.

Dann sagte Reza:

„Im Grunde genommen bin ich, wie gesagt, weder für die Logik oder Vernunft noch für eine Religion, wie sie sie in ihren Köpfen tragen. Übrigens, viele setzen das Wort Mystik mit Islam synonym und vergessen dabei, dass der Islam in seiner fundamentalen Form nicht mystisch ist. Die sanften und humanistischen Lehren der so genannten islamischen Sufis sind ein indisch buddhistisches Gedankengut, das über die Perser den Islam unterwandert hat."

Dann hielt er kurz inne, schaute Pervis an, wiegte bedauernd den Kopf und gab ihm spontan und zynisch zu bedenken:

„Sag mal, wer waren diese Typen?"

Und nach einer kurzen beklemmenden Stille tat Pervis, der die rechte Hand mit dem Daumen an der Hosentasche anhackte, als wäre er verwundert über diese Frage: um den Anschein zu erwecken, der Begebenheit sei keine große Bedeutung beizumessen und seinem leicht-verletzlichen Freund den Schmerz zu lindern.

„Sie sind meine neuesten Freunde", sagte er etwas beschämt und fügte noch hinzu: „Bevor man aus Wehmut zu Grunde geht, in der Einsamkeit vor sich hin vegetiert und deswegen ihre Geselligkeit sucht, muss man sie akzeptieren, wie sie sind", und flehte seinen Freund an:

„Reza, ich weiß, dass dir manches an ihnen nicht gefällt. Die meisten von ihnen können nicht denken und haben ein Brett vorm Hirn und einige sind schroff, rabiat und ungeschliffen, aber das ist leider ihre Art, wie sie miteinander umgehen. Du sollst dir nicht viel daraus machen. Ich bedaure das, was vorgekommen ist und bitte dich es einfach zu vergessen."

Reza blieb eine Weile still, dann äußerte er sein Bedauern: „Na ja, auch die edelste Klinge wird mit der Zeit stumpf und schartig, wenn sie in der falschen Umgebung agiert", und verabschiedete sich seufzend von ihm. Seine gespannten Gesichtszüge verdüsterten sich deutlich, nachdem er sich von ihm abgewandt hatte, seine Miene drückte Entsetzen aus und die fast wimperlosen Augen trübten sich.

Und im Weitergehen flüsterte er ein Gedicht:

`Der Eine war Löw´ aber brav,

Der Andere blökte wie ein Schaf.

Der Eine war barsch und böswillig

Und wollte alles erhaschen, schnell und billig.

Der Andere hielt sich für viel zu wichtig

Und wurde langsam auch streitsüchtig.

Der Eine war ein exzellenter Intrigenstifter

Und ein heimtückischer Brunnenvergifter.

Der Eine war wortkarg und ihm war alles gleich,

Der Andere war vorlaut aber
gebärdenreich.

Der Eine war äußerst eitel,

Von der Zeh bis zum Scheitel.

Der Eine war sehr kleinlich,

Der Andere gar zu peinlich.

Der Eine war viel zu gütig,

Der Andere schier wankelmütig´.

`O! Gott!

Sie verschwenden

Ihre Gedanken

Gern im Zanken,

Denn sie finden,

Gott sie hüte,

In der Blüte

Des Streits

Lebensreiz´.

`Ein seltsamer Gischthaufen´, sprach er weiter zu sich `den das Schicksal am Ufer der Zivilisation zusammengewürfelt hat.´ Nur die wenigsten von ihnen sind gut erzogen und behalten ihren Anstand; wie wir wissen, ist in dem Meeresgischt gelegentlich auch Bernstein zu finden. Die meisten von ihnen aber führen eine jämmerliche Existenz, fühlen sich von allen moralischen Verpflichtungen und gesellschaftlicher Kontrolle entbunden und sind auch zu jeder Schandtat bereit. Und wieder andere führen ein widerliches Parasitendasein, dessen sie sich nicht schämen, und geben den Zügel ihres Schicksals der Willkür der Laune anheim. Ihre Kurzsichtigkeit, Engstirnigkeit, irrationale und dogmatische Denkweise ist Eckel erregend. Wie abscheulich, was für eine Schande für ihr kulturreiches geschichtsträchtiges Land sie sind>, fuhr es ihm durch den Kopf.

Ich würde sie nicht zu den Freunden zählen,

Selbst da meine wahren alten fehlen,

Und ich bin lieber allein

Als unter den Schlechten zu sein.

Unterwegs zu seiner Wohnung stieg in seine verwüstete Seele plötzlich das Gefühl der Abscheu, nachdem er zuvor die Schritte verlangsamt hatte und beinahe stehen geblieben war. Er hatte das Bedürfnis nach einer Zigarette. Obwohl er sich schwor überhaupt nicht mehr zu rauchen, zog er mit einer unsicheren Hand aus einem Zigarettenautomaten eine Schachtel, zündete sich eine Zigarette an und zog den Rauch schmerzhaft und tief in die Lunge hinein. Erlöst pustete er ihn aus dem Mund aus, und ließ ihn nicht wie gewöhnlich in die Nasenlöcher hineinströmen und zwischen Mund, Nase und Rachen zirkulieren. Er rauchte die Verzagtheit und die Ängste, mit denen er beladen war, aus. Also war es eine schmerzhafte Belehrung und wie oft hatte er solch eine Erfahrung machen müssen. Es ist nicht der Glaube, der ihnen abhanden zu kommen droht, dachte er, denn die meisten von ihnen halten sich nicht einmal an die einfachsten Regeln ihrer Religion, sondern die Art wie sie leben, ihre Bräuche, Feste, Werte und so weiter, also alles, was zu ihrem Zusammenhalt Beitrag leistet, Zusammenge-hörigkeitsgefühl schenkt und sie letzten Endes kennzeichnet und was man als Identität bezeichnen würde: dies alles läuft Gefahr verloren zu gehen, und davor haben sie eigentlich Angst, und auch vor Verwestlichung und Entfremdung. Deshalb ist Kritik an der Religion nicht erlaubt und schon gar nicht Zweifel. Die Angst, dass der Mensch seine Lebensweise verliert, schien ihm stärker zu sein als der Arterhaltungstrieb. Er war immer der Ansicht gewesen, dass jeder Mensch mit weitem Horizont, weltoffen und kosmopolitisch human gesinnt erzogen werden sollte.

Der mit dunklen Wolken beladene Himmel verdunkelte sich noch mehr und Reza beschleunigte die Schritte zur nächsten Straßenbahnhaltestelle. In der Wohnung angekommen goss er Wasser in die Kaffeemaschine, setzte den Filter mit etwas Kaffee ein und schaltete sie an. Aus dem Fenster seiner Wohnungsgaube konnte er über den Giebel der Reihenhäuser von gegenüber die Wipfel der Nadelbäume des nahe liegenden städtischen Parks schemenhaft sehen. Rechts schräg darunter, in einem Damenfrisörsalon brannte noch Licht und er konnte gerade noch eine beschürzte Frau erblicken, die ihren letzten Putz emsig erledigte. Dann zündete er eine Kerze an, aus deren Flamme er Feuer für eine Zigarette nahm. Mit der Zigarette in der Hand warf er sich in seinen dunkelfarbenen ledernen Sessel, dessen Rückenlehne wegen eines alten Spiegels und Bilderrahmens die Wand nicht berührte. Er rieb sich die Augen, zupfte an die Wimpern des rechten Auges. Und, um sich etwas Abwechselung zu verschaffen, schaltete er seinen Fernsehapparat ein. Mit einem Gong wurden die Zwanziguhrnachrichten angekündigt. Nach den Nachrichten folgten die Kommentare. In einem der anderen zwei Kanäle lief ein Fußballspiel, wofür er sich nie im Leben interessiert hatte, und im zweiten Programm lief eine stinklangweilige amerikanische Serie. Die Glotze konnte ihm keine Ablenkung anbieten, also schaltete er sie aus. In der Wohnung war nur das Gurgeln und das Krächzen der Kaffeemaschine zu hören und draußen war das Trommeln von vereinzelten schweren Regentropfen auf den metallenen Fenstersims zu vernehmen.

Tief verletzt und nachdenklich wie nie zuvor saß er mit dem Kopf gestützt auf seine rechte Hand, die er auf die Sessellehne stemmte und mit der er das Ohrläppchen mit Daumen und Zeigefinger spielend massierte.

Er saß, von den vier Wänden der Wohnküche eingezwängt; und sah immer noch die zusammengekniffenen, drohenden und siegessicheren Glotzaugen des Kahlköpfigen vor sich. Die schmerzhaften Minuten des Nachgrübelns wollten nicht so einfach verschwinden. In ihm regte sich immer noch ein Gefühl des Entsetzens und des Ekels. Derartige unangenehme Gefühle waren die Konsequenz seines Befindens und vergingen normalerweise auch nicht, ohne irgendwelche Spuren zu hinterlassen. Sein Stirnrunzeln, gerade wenn er verwundert vor einer Welt stand, die ihn nicht verstand, spiegelte die Schichten, die der Strom des Lebens sedimentiert hatte wieder. Ein Leben, das selten so verlaufen war, wie er es sich gewünscht hatte. Wörter wie `Gotteslästerer´, `gehört gesteinigt oder geköpft´ ließen bei ihm tief liegende schmerzvolle Ablagerungen in den Labyrinthen und Canyons seines Gedächtnisses, die der Strom der Zeit geschaffen hatte, zu Tage treten. Solche Kindheitsängste und schlechten Erinnerungen wurden plötzlich wachgerufen. Solche Erinnerungen waren plötzlich so lebendig in ihm, dass sie schemenhaft über sein Gesicht huschten. Er sah sich für einen kurzen Moment als Kind weinend vor seinem armen Vater, der vor seinen eigenen Augen von zwei Männern zusammen-geschlagen worden war, weil der Vater es selbst nach der dritten Mahnung nicht geschafft hatte, ihnen das geliehene Geld fristgemäß voll zurück zu zahlen. Die Geschäftsflaute, die hohen Zinsen und die sieben Kinder, die er zu ernähren hatte, erlaubten seinem Vater damals nicht, ihrer Forderung nachzukommen. Aus der melancho-lischen Tiefe von Reza´s Seele begann die traurige Melodie innerer Qualen langsam wieder zu ertönen. Eine Träne, die ihm nicht mehr lange erlaubte, Herr seiner Gefühle zu bleiben und die nicht mehr auf sich warten ließ, verselbstständigte sich, quoll still aus seinem rechten Auge, bahnte sich rechts einen Weg am Tränensack vorbei, rann durch die Vertiefung, die die Wange zu halbieren schien hinunter und endete schließlich fast trocken und winzig klein am Mundwinkel. Er wischte sie mit der Hand ab, dann fühlte er, wie ein stilles Schluchzen aus seinem Brustinnern emporstieg.

`O Gott! Warum ließest du mich im Orient geboren werden!´ warf er seinem Schicksal jammernd vor. `Der Krake der Intoleranz und Unvernunft wirft seinen Schatten bis in die entlegensten Ecken dieser Welt. Er schleicht sich unbehelligt durch Europas Länder und beginnt selbst bei den Halt suchenden leicht-manipulierbaren Jugendlichen langsam zu brüten´, sagte er kopfschüttelnd und sehr bedauernd, während er den Zigarettenstummel in dem gläsernen eckigen Aschenbecher beim Schein der Kerze drehend zerdrückte, und bei dieser Bewegung warf die Kerze ihr Flackern auf sein Gesicht. Etwas Rauch stieg noch aus dem Stummel, der von Neuem erglimmt war und ein nochmaliges Zerdrücken nötig hatte. Dann stand er auf, um sich aus der Kochnische etwas zu holen, was ihn eventuell trösten würde. Mit einer etwas zitternden Hand holte er sich aus einer Dose einige Kekse und anschließend schenkte er sich eine Tasse Kaffee ein und wusste nicht mehr, wie viele Zuckerwürfel er hineingetan hatte. Wieder an seinen Tisch gesetzt, tunkte er jedes Mal ein Stück Keks in den Kaffee ein, aß es und trank danach einen Schluck Kaffee. Er strich mit der Hand über seine Stirn, richtete sich wieder auf und ging ins Schlafzimmer, zog seinen Pyjama an, legte sich ins Bett, zog die

Bettdecke über sich, verschränkte die Hände im Nacken und sah sinnend zur Decke empor. Dann musste er den linken Arm wegen schmerzhaften Stechens im oberen linken Brustbereich hoch halten. Es war ein bekanntes Herzstechen, das er wie so oft ignorierte und nicht ernst nahm, obwohl es ihm einige schlaflose Nächte bereitet hatte und in den letzten Jahren häufig und verstärkt, begleitet ab und zu von Schwindelanfällen, aufgetreten war. Es war ein Schmerz, der punktuell von der hinteren Herzhälfte ausging und den ganzen linken Arm entlang bis zum Daumen ausstrahlte. Früher wie später hatten ihm die Ärzte gesunde fettarme Kost und mehr Bewegung empfohlen, woran er sich törichterweise nicht hielt. Nach mehreren Stunden Kampf mit dem Schlaf ließen die qualvollen Gedanken nach, er drehte seinen Körper halbverträumt zur rechten Seite, legte den Kopf auf die Handfläche und schlief ein. In der Nacht hat es sich ganz ausgeregnet und es versprach ein heiterer milder Morgen zu werden. Draußen war es ziemlich kalt und im Zimmer angenehm lauwarm, als er nachts zweimal aufwachte, um seiner lästigen Inkontinenz mit der Blasenentleerung vorübergehend nachzugeben.

Sehr ausgeruht fühlte er sich nicht, weil er gegen elf Uhr durch das Getöse einer Mähmaschine aufgeweckt wurde. Der Geruch des frisch gemähten Grases gab dem Morgen seine Naturfrische. Er hob seine Füße - einen nach dem anderen - aus dem Bett und setzte sich etwas vorgebeugt und mit hängenden Schultern auf die Bettkante, die Haare ganz wirr und die Augen auf Halbmast gesenkt. Mit Mühe richtete er sich auf und ging zur Toilette.

Ghulam Reza Schuschterzade, wie der offizielle Urkundeneintrag seines kompletten Namens lautete, vergrub sich nachgrübelnd in seiner Wohnung und litt wochenlang furchtbar unter diesem Vorfall, denn nichts in aller Welt bot sich als Balsam für seine verwundete Seele an, nicht das Lesen eines Romans, nicht ein spannender TV-Film und auch nicht ein Spaziergang im nahe gelegenen Park. Er ging selten aus seiner Wohnung, und wenn er einen Ausgang machte, so war es, um das Nötigste zu erledigen. In seinem Antlitz waren immer noch kleine Spuren der Verzagtheit angedeutet, allerdings bekam er im Laufe des siebten Tages mehr Frische und Heiterkeit. Er war im Begriff, sich aus der Knechtschaft des Verdrusses zu befreien und der Skrupellosigkeit der Verdrießlichkeit zu entfliehen. Er beschloss, sich weit weg von hier aufzuhalten, zu reisen, irgendwohin in den Süden, wo die Sonne jeden Nebel, jede Trübsal vertreibt. Seine Wahl fiel schließlich auf die Algarve und die Woche danach reiste er dorthin.

Am Flughafen in Faro in Südportugal gelandet, atmete er tief die reine Luft der Algarve ein. Denn das Landen des Flugzeugs hatte bei ihm vorher ein beklemmendes Gefühl ausgelöst, nämlich die Angst vor einem Absturz. Jedes Mal, wenn er ein Flugzeug bestieg, dachte er an abgestürzte Flugzeuge. Durch Glastüren und Passkontrollen eilend suchte er nach einem Bankschalter, um Geld in einheimische Währung zu wechseln. Anschließend befand er sich wartend an einer Bushaltestelle. Er stieg in den Bus ein und der Bus fuhr über mehrere Siedlungen und saubere, schöne kleine Ortschaften, dann erreichte er den Bahnhof von Faro. Dort angelangt, kaufte er unverzüglich eine Fahrkarte nach Estombar, obwohl der Fahrkartenverkäufer ihm sagte, dass der Zug erst in eineinhalb Stunden kommen würde. Die erste halbe Stunde verbrachte er im Zentrum von Faro mit Spazierengehen, dann begab er sich in ein Cafe vor dem kleinen Bahnhof und las in dem Buch, das er bei sich hatte, die Kurzgeschichte `Scherz´ von Anton Tschechow. Es war eine Viertelstunde vergangen: Er ging wieder zum Bahnhof und wartete dort weiter. Einige wenige Leute warteten ebenfalls. Zwei alte Leute saßen auf einer grünen Bank, der Eine aß gerade eine Banane und der Andere sprach lutschend als hätte er ein Bonbon im Mund, streckte ab und zu den Unterkiefer vor und verriet damit sein künstliches Gebiss. Ein Junge, auf dessen Nase eine Fliege mehr als eine halbe Minute ihre Flügel emsig putzte, saß auf einer Bank zwischen zwei großen Koffern. Dies schien ihn nicht zu stören und er spielte mit einem Bierdeckel in der Hand, in dem er ihn zwischen den Fingern drehte. Und als er damit zweimal fächelte, wurde sie aufmerksam, sträubte sich, machte sich flugbereit und nach einer abrupten Handbewegung flog sie weg, kam jedoch wieder und wollte sich diesmal an seine Hand setzen. Er scheuchte sie mit einer Folge von kurzen Handbewegungen weg. Auf einem Gleis stand seit Reza´s Ankunft ein Zug. Bahnhofsverwalter und -arbeiter gingen in Büros ein und aus. Einer der uniformierten Bahnhofsangestellten sprach zu einem seiner Kollegen, der ihm gespannt und ungeduldig zuhörte, mit den Händen vor dem Bauch, so als hielt er eine Kugel zwischen ihnen und trommelte Zeigefinger und Mittelfinger gegeneinander. An ihnen ging noch ein Kollege vorbei, gab lachend einem der beiden ein Knuff und ließ sich von ihm mit einer Zigarette bedienen.

Reza liebte es, anonym unter Menschen zu sein, die er nicht kannte, deren Sprache er nicht sprach und sie die seine auch nicht. Die Grenze zwischen Traum und Realität begann für ihn zu zerfließen.

Es war soweit, der Zug war überfällig. Er sollte da sein, aber er kam nicht. Es waren fünfzehn, zwanzig Minuten verstrichen und es gab noch kein Zeichen vom Zug. Die Wartenden begannen zu gähnen und sich zu langweilen. Aber für ihn war es gleichgültig. Nach einer dreiviertelstündigen Verspätung kam dann endlich der Zug. Arbeiter hantierten mit Stangen und Zangen oder mit kleinen Schubkarren und verteilten sich entlang des Bahnsteigs. Quietschend und zischend bremste der Zug. Die Passagiere stiegen ein. Es waren noch viele Plätze frei. Nach mehrmaligem Ruck der Lokomotive und langem Hantieren der Arbeiter fuhr endlich der eigentlich schon lange in den Ruhestand gehörende Zug los. Er trottete, kreischte durch subtropische Pflanzenwelt, Apfelsinen-Plantagen und verschlafene Dörfer oder gelegentlich auch durch Neubausiedlungen. Schließlich setzte er ihn in Estombar ab und er nahm ein Taxi zu einem Hotel am Meer und bekam ein Zimmer mit einem Blick auf den Atlantik zugewiesen. Reza legte seinen Koffer ab, ruhte etwa eine Stunde und ging dann das Hotel zu erkunden.

Er ging aus dem Hotel um die Gegend kennen zu lernen und schlenderte den Weg zum Meer hinunter. Eine sanfte Sonate ertönte leise in seiner Brust. Fröhlich und heiter zwitscherten Amseln und Spatzen aus sattgrünen Bäumen vor weißgetünchten vornehmen Villen südeuropäischen Stils, die die Wege vom Festland zur Algarve rechts und links charakterisieren. Ihre Gärten waren mit Figuren aus der Mythologie der Antike geschmückt und mit Vornamen ihrer Besitzer, wie „Villa de Sybille" oder „Villa Don Sanchez" gekennzeichnet. `Ein idyllischer Ort wie dieser lässt einen in hoher geistiger Sphäre sich bewegen´.

Als er vor dem Meer stand, glaubte er am Ende der Welt angelangt zu sein. Grauviolettroter Horizont zog sich von einem Ende zum anderen zwischen zwei unendlich weit sich erstreckenden blauen Flächen, Himmel und Meer. Ein Stück von der orangeroten Scheibe der Sonne war noch zu sehen. Sie sank ziemlich schnell, über ihr zwei goldgelbe Streifen und darüber noch die Mondsichel, matt silbrig leuchtend, verzierten das Himmelsgewölbe. Göttliche Panoramen ohnegleichen. Hier und dort angelten Jugendliche in Jeanshosen ihr Glück. Einer war an einer kaum zugänglichen Felsnische und einer sogar ganz auf der Klippenkante mit einer Angelschnur von beinahe 100 Metern. Nicht selten traf man auf herrenlose Hunde, die auf ihren Anteil am Fischfang harrten oder einem Touristen hinterherliefen. Aus dem hängenden Fels schlängelten sich viele lange Baumwurzeln herab. Die Bäume, die am äußersten Rand der Klippe standen, waren meerwärts umgekippt.

Silbern rieselte das Wasser in die Risse und Rinnsale zwischen den Felsen. Die herrliche Luft und die humorvolle Art der Einheimischen sorgten dafür, dass man fröhlich und ausgeglichen gestimmt war und der Anblick der gigantischen Felsformationen mutete geradezu unheimlich an und ließ einen jedwede alltägliche Kümmernisse vergessen. Es war Herbst und das Wetter war mild. Es waren auch wenige Touristen da. Das Meer toste, der Wind sauste und die Möwen kreisten kreuz und quer über Felsen und Wasser schreiend. Einige von ihnen ließen ihren Kot beim Fliegen fallen. Er hielt die Arme verschränkt und stand blinzelnd mit zusammengekniffenen Augen nachdenklich an einen der Felsen gelehnt, den Atlantik bewundernd. Verschlungene steile Treppen mit Geländern waren zwischen bizarren Fels-schluchten angelegt. Sie führten bis zu den letzten betretbaren Felsen nahe zum Meerwasser hinab, die gelegentlich von einer starken Brandung überspült wurden. Holpriger Boden mit lauter gestürzten schroffen Felsbrocken und vielen Bodenlöchern und Senken waren mit Wasser gefüllt. Man kam selten wieder trocken nach oben. Vor der Küste und besonders in den vielen Buchten ragten aus dem Meerwasser, vereinzelt stehend, natürliche Arkaden und Felsen in allen möglichen geisterhaften Formen heraus und versetzten den Betrachter in die Welt der Mysterien. Manche Felsen der langen Kliffküste waren durchlöchert und zeigten die seltsamsten Grotten, Nischen und Schichtstrukturen. Andere wiesen auf Hexengänge, riesige Höhlen, aus deren Tiefen Ungeheuer oder Zyklopen austreten konnten. In ihnen wälzte sich das Wasser dumpf blubbernd und schlug zwischen den leprösen Felsen peitschend, klatschend und schäumend. Jahrmillionen alte Ablagerungen von Muschelschalen und Knochenreste verschiedener Meeresstiere lagen da in einem gelbrot feinen Sand eingebettet. Die Brandung fraß sich ständig ins Gestein. Ein nie endender Kampf zwischen Fest und Flüssig, zwischen Beständigkeit und Veränderung. Für ihn war dieser Ort eine Quelle der Inspiration.

Im Rausch der Gewässer und von den Wellen umtost glaubte er Stimmen gehört zuhaben; eine Art Zwiegespräch zweier Giganten:

Der Berg:

"Felsenfest stehe ich da und alles um mich zergeht und zerrinnt wie das Wasser."

Das Meer zum Berg:

„Was glaubst du, wer du bist! Du stehst da um nur den Glauben zu erwecken, dass du stolz und bedrohlich, fest und unvergänglich bist. Dennoch bist du mir nicht würdig, weil solche wie dich ich Tausende schon schuf und wieder vertilgte.

Wie lange willst du dich noch erholen?

Du stehst unbewegt da und ich lebe.

Tropfen für Tropfen lasse ich dich aushöhlen.

Traube für Traube isst man die Rebe.

Glaube nur nicht, dass du ewig stolz und unversehrt da sitzen bleibst. Warte nur und du wirst sehen, wie ich deine Hochnäsigkeit zermürbe. Spürst du denn nicht, wie ich dich jedes Mal an der Kehle packe und dich ständig peitsche. Du sollst mir gehorchen, du ständig Alternder, denn alles ist im Fließen und du bist keine Ausnahme mein Lieber, merke dir das!"

Reza saß auf einem mit etwas Moos bewachsenem Felsen pendelnd zwischen Traum und Realität, von der unermesslichen Weite des Ozeans überwältigt und in sein Rauschen sich verlierend. Hinter ihm lag die kleine Ortschaft. In der Ferne verklang gerade das letzte Tuckern eines Fischkutters und er vernahm eine Melodie, die ihn in Ekstase versetzte. Und er rezitierte ganz leise sein Gedicht:

Wer lange in die Ferne starrt,

Blickt sehr tief in sich hinein.

Wer lange im Dunkeln verharrt,

Den blendet der Sonnenschein.

Ein Gefühl der Behaglichkeit und des Ausgeglichenseins erfüllte ihn ganz und gar. Alles um ihn verzauberte ihn, selbst ein kleiner verdorrter Grashalm, selbst eine tote Kaulquappe auf einem Ahornblatt waren für ihn schön und machten ihn glücklich. Hie und da vernahm er den Schrei eines Kindes oder Hundegebell. Er lehnte sich an den Felsen, mit dem Kopf auf den verschränkten Handflächen, und ließ seine Gedanken entgegen dem Uhrzeigersinn zurückwandern. Der Abend begann seinen dunklen Schleier langsam am Horizont aufzuziehen. In dem Wohlergehen zerrann Reza, und die Zeit blieb für ihn stehen:

`Wenn die Zeit erstarrt, harrt sie in der Gegenwart und wir beginnen zu zerfließen´.

Dem Asketen deucht der Reiche arm

und der Clevere dumm.

Für ihn ist die Realität ein Traum

und eine Gerade krumm.

Er weiß vieles, nur die Uhrzeit nicht.

Und selbst im Dunkeln sieht er Licht.

Wer in sich die Wahrheit auf mystischen Wegen sucht, findet die ewige Liebe, zu der er sich magnetisch hingezogen fühlen wird und hat die Anerkennung der Anderen nicht nötig. Daher zieht der Mystiker das Eremitenleben vor und verzichtet auf Ruhm und Berühmtsein.

Die Zahl ist ein verfluchtes Virus, vor dem sich der Zauberdrache, Kustos der Schöpfungsmysterien, fürchtet. Unsere Vernunft ist eine Hürde, die uns hindert, diese Zauber-kraft der Schöpfung zu erfühlen.

Dort im Haus der Gesänge und im Wohnsitz der Seligen, dort in dem immerwährenden Frühling,

dort, wo die Erlösten in die höchsten Sphären der Glückseligkeit ewig schweben, kosten wir gemeinsam unter dem ewig grünenden Lorbeerlaub an der tabula ambrosiae die herrlichen Früchte des Nirwana und besingen das Triumphepos der Liebe.

Heilig ist der Augenblick, wenn Liebende sich begegnen.

Heilig ist der Moment, wenn die Mutter ihr verschollenes Kind wieder findet.

Heilig ist die Stunde, wenn der Derwisch seine Erleuchtung erlangt.

Verloren ist der Tag, in dem die Muße fehlt.

O Du Wanderer! Es gibt oft zwei Wahrheiten:

Eine, die dir gefällt und eine, die dich verfehlt. Geh niemals an den schönen Dingen vorbei. Weile und betrachte ihre Schönheit, denn sie spendet uns das lang ersehnte Glück, denn sie ist heilig und erinnert uns an das Göttliche. Lass dich durch ihre Wärme auftauen und dich in ihr zerfließen. Nein um Gotteswillen, besitze sie nicht, vertilg sie nicht und bedenke, dass nur die Säue sterben mit dem Blick fixiert auf ihre Suhle. Die Glückseligkeit ist die Herberge einer verlorenen Seele. Es gibt Menschen, die sich von ihrer Phantasie gerne als Geisel nehmen lassen, und ich bin so einer. Arm ist derjenige, der kaum Phantasie besitzt.

Reza blickte tief in den Himmel hinein, wunderte sich, was für eine bezaubernde Nacht es war, hielt kurz inne und redete weiter zu sich:

O hellgestirnte Nacht, du großer Baldachin aus reinem Lapislazuli, der mit unzähligen glitzernden Brillianten bestückt ist. Glitzernd ruft das Herz nach deiner Tiefe. In dich tief hinein will die flammende Seele zerrinnen. Was der Tag uns verschwiegen hat, bringst du zum

Leuchten und schweigsam wie Du dich zu uns jeden Tag schleichst, verschwindest Du auch wieder schweigsam.

Der Himmel wurde immer dunkler und die Sterne begannen zu glitzern. Er nahm den gleichen Weg wieder zurück zum Hotel entlang der vielen Pinienbäume. Plötzlich sprang er erschreckt zurück, weil er von einem Wachhund aus einem Villenzaun angebellt wurde, und sein Herz schlug ihm bis zum Halse:

`Es gibt bedauerlicherweise immer etwas, das dich aus deinem mystischen Moment herausreißt´, dachte er. Und mit:

Beladen mit schwerem Wissen

Geht er gemächlich in sich versunken.

Leere Köpfe rennen beflissen,

Und nur in die Schnelle können sie funken.

verabschiedete er sich von seinem ersten Tag an der Algarve.

Die morgendliche Wärme spendenden Sonnenstrahlen des nächsten Morgens, die durch die zum Meer blickenden großen Fensterscheiben drangen und den Saal überfluteten, gaben den speisenden Hotelgästen ein angenehmes Gefühl;

das Gefühl im Urlaub zu sein und verwöhnt zu werden. Er saß allein auf der Veranda an einem Tisch und wurde plötzlich auf etwas aufmerksam. Sein Blick fiel auf einen langhaarigen vollbärtigen Mann mit fast wimperlosen runden Augen und höckerigem Nasensattel, der sein Müsli aß, indem er seinen Bart und Schnurrbart mit zwei Fingern auseinander spreizte, den offenen Mund entblößte und den Inhalt des Löffels hineinwarf. Dieser kuriose Anblick hinterließ bei ihm ein Lächeln, das ihn alle Sorgen vergessen ließ und ihn bis zur Hotelrezeption begleitete. Die Morgenfrische, die lachende Sonne und dieser Anblick taten ihren guten Beitrag für seine Seele, malten für ihn den Alltag mit Farbe und belebten ihn. An diesem Morgen war er schick angezogen. Das glänzende elfenbeinfarbene Hemd passte ausgezeichnet zu seiner dunkelbraunen Flanellhose, zu der olivgrünen wildledernen Jacke und zu den frisch geputzten schwarzen Schuhen. Das milde Klima der Algarve erlaubte ihm, ohne den kastanienbraunen Pullover, den er zögernd im Kleiderschrank ließ, auszugehen. Er verließ das Hotel und ging an den geschlossenen Geschäften der kleinen Ortschaft vorbei. Etwas von der Morgenfrische hing noch an seinem Gesicht. Ein englisches Rentnerpaar ging an ihm vorbei. Der alte Herr mit Hut und Spazierstock sprach ernsthaft, mit dem Gesicht zu Boden, und seine Frau Gemahlin war fein und dezent gekleidet und trug einen Hut mit blauem Band und Schleife, wie es sich für eine englische feine Dame gehört. Der Alte schwenkte schroff und ruckartig seinen Stock und malte damit in der Luft während er redete. Reza ging an ihnen vorbei, die Hände auf den Rücken gelegt, und konnte ihrem Gespräch gerade noch ein paar englische Wörter und Wortfragmente entnehmen. Sie aber nahmen von ihm nicht die geringste Notiz.

Danach lief er ein Stück am weißen Strand entlang, und unter seinen Schuhsohlen knisterten und knirschten die Muschelschalen. Dann stand er mit dem Blick zum Meer, wich aber jedes Mal zurück, wenn eine Wasserwelle bei seinen Füßen verklang. Gelassen verfolgten seine Augen ein schwimmendes Objekt, das er als ein Babyfläschchen identifizierte. Das schief schwimmende noch mit Milch halbgefüllte Glasfläschchen tanzte verspielt hin und her mitten im Gischt. Lange beobachtete er es und für einen kurzen Moment war er abwesend. Seit seinem Frühstück waren nun drei Stunden vergangen, und seine Füße trugen ihn landeinwärts weiter. Ein Pinienwald nahm ihn später auf. Er stampfte einen sandigen schmalen Pferdepfad entlang, übersprang ein Wasserrinnsal und gelangte auf eine asphaltierte Straße ohne Bürgersteige, und die Silhouette einer Kleinstadt mit ihren drei gotischen Kirchtürmen zeichnete sich vor ihm ab. Sattgrün erstreckten sich rechts und links entlang der Straße hügelige Ländereien, hie und da aufgeschichtetes Holz oder eine Garbe Stroh. Er lief diese Straße ein Stück entlang, vorbei an einer verlassenen Windmühle, einer Scheune und mehreren Bauernhöfen, dann kam ihm eine Schar Kühe entgegen, getrieben von einem Bauern mit einem blattlosen Ast in der Hand. Als er ihr Glockengeläute hinter sich hatte, machte er an einem morschen Baumstamm eine kurze Rast, dann trieb ihn der Hunger wieder zurück zum Hotel.

In einem kleinen Bistro des Städtchens trank er am nächsten Tag, nachdem er mit seinem Koffer das Hotel verlassen hatte, zwei Espressos und rauchte dazu eine Zigarette. Einheimische aßen am Tresen Gebäck und tranken ebenfalls Espresso. Es war elf Uhr dreißig als er sich in die Bushaltstelle begab. Er wartete dort, wo auch andere Personen bereits warteten. Ein alter bebrillter Mann, aschgrau und vollbärtig ging mit vorgebeugtem Oberkörper und etwas hinkend an ihm vorbei, die linke Hand in der Tasche der ungebügelten Hose, und in der rechten Hand eine Plastiktüte haltend. Er ruhte sich kurz aus und schaute in die Ferne zurück, dachte kurz nach und nahm seinen zügigen Gang wieder auf.

Als der Bus anhielt und seine vordere Tür öffnete, stieg er gebückt als erster ein, kaufte sich bei dem Fahrer eine Karte nach Lissabon, hob seinen Koffer ins Gepäcknetz hinein, prüfte tastend das Polster eines der vorderen Sitzplätze auf seine Bequemlichkeit, wischte es leicht ab und setzte sich. Er saß, die Hände im Schoß ineinander verschränkt und die Daumen um einander mal im Uhrzeigersinn, mal in der entgegengesetzten Richtung drehend. Seine Augen schweiften inspizierend in die Innenausstattung des Busses und blieben für eine kurze Weile auf einem Jesussandalen-Maskottchen, das vor dem Fahrersitz etwas baumelnd hing, ruhen. Der fast leere Bus fuhr erst in Richtung Faro, an vielen neu gebauten Häusern vorbei. Die sanfte Stimme einer portugiesischen Sängerin milderte das Gedröhn des Busses. Er hielt an mehreren Haltestellen an und nahm Passagiere nach Lissabon mit. Reza kniff aus Langeweile mit der rechten Hand die Haut der Linken und ließ sie los. Erstaunt beobachtete er, wie sie schlaff und träge zurücksank und kaum mehr Spannkraft hatte. Dies gab ihm zu bedenken, dass der Tod nicht mehr lange auf sich warten ließ.

Vorhin hatte es geregnet und es nieselte immer noch. Durch die Fensterscheibe des Busses betrachtete er die Regentropfen, die sich gleichmäßig verteilten. Einige von ihnen liefen von oben nach unten und von vorne nach hinten schräg zur Fahrtrichtung, immer schneller, wie Spermien. Dann hörte der Regen auf. Riesige

Tonkrüge und Amphoren lagen ungeordnet vor Keramikgeschäften. Fuhrwerke beladen mit Obst. Bauern beim Ackern. Traktoren zogen schwere Landmaschinen.

Endlich die Stadt Lissabon mit ihrer kolossalen Kulisse! Und die berühmte kreuzförmige Jesusstatue erhob sich vor ihm. Im Busterminal angekommen sprang er aus dem Bus um eine preiswerte Herberge zu suchen und fand eine nette kleine Pension, ganz nach seinem Geschmack. Das Zentrum der Stadt überraschte ihn als gigantische Baustelle, was ihm gar nicht gefiel.

Dennoch verlor er sich gerne in den Menschenströmen dieser fremden Großstadt, fand Gefallen an dem Alleinsein und an der Anonymität, genoss das Gefühl der Zeitlosigkeit und hörte den sanften Klang seiner inneren Stimme. Eine Stimme wie aus dem Jenseits, die seinen Leib jedes Mal durchrieselte, ihn völlig überwältigte und der er sich ganz und gern hingab.

Zwei Nächte verbrachte er dort, dann flog er zurück nach Hause.

In dieser einen Woche fand er seinen Frieden, seine Ausgewogenheit war wiederhergestellt, sein Gemüt erlangte Stabilität und sein Herz erfüllte sich mit noch mehr Liebe. Liebe zur

Natur, zu den Menschen und zu sich selbst. Es waren sehr schöne und angenehme Tage für ihn.

Am Freitag der nächsten Woche erschien Pervis vor dem Cafehaus `Roxy´ und sah ihn durch die Fensterscheibe, ihn, der gerade ein geschlossenes Buch in der Hand hielt. Dieses längliche zum Teil verrunzelte Gesicht mit der geduldigen Miene, diese edle etwas gekrümmte spitze mittelgroße Nase, diese verträumten Augen hinter den eckigen Gläsern seiner Brille und mit dem mystisch und weise anmutenden Blick, diese würdige Haltung, dies alles gab jenem, der ihn näher betrachtete, mit Recht den Eindruck, dass er mit einer höchst angenehmen Person zu tun hatte.

Pervis flüsterte zu sich:

Dort sitzt mein Freund Reza, allein in seiner Ecke. Aus den schmalen Augenschlitzen blickt er kontemplativ durch den regen Verkehr auf dem Bürgersteig auf einen Punkt auf der anderen Straßenseite. Er wirkt zufrieden, erfüllt und wie üblich geistig abwesend. Er scheint sich in einer Welt zu bewegen, die jenseits der Realität ist. Er ist da und doch woanders. So war er, so ist er und so bleibt er.

München, 01.12.2006

Die Pfütze

Seit ungefähr einer Stunde sitzt er mit übergeschlagenen Beinen und einem ausgeglichenen Gesichtsausdruck, gebeugt und die Hände unter die Oberschenkel gepresst, auf einer grünlich gestrichenen, jugendstilartig verschnörkelten gusseisernen Bank der städtischen Grünanlage in der Nähe seiner Wohnung und entspannt sich. Sein neugieriger Blick ist fast ausschließlich einer Pfütze mit einem Durchmesser von circa einem Meter, die der langandauernde Regen des vorgestrigen Tages gefüllt hatte, und dem regen Treiben in und um sie gewidmet. Gestern Nachmittags war es schön sonnig. Ein toter Marienkäfer, der einen seiner Flügel schon verloren hat, mehrere noch teilweise grüne und rostbraune Buchen-, Espen- und Ahornblätter, von denen manche noch weinrote Färbung aufweisen sowie eine ausgetrocknete Holunderrispe liegen lose auf zwei oder drei vergilbten Kastanienblättern und treiben flott auf der Wasseroberfläche. Teile von ihnen sind vom Wasser bedeckt. Es verleiht ihnen einen metallischsilbrigen Glanz. Die Leiche einer türkisblau schillernden Libelle wird von dem schwimmenden Laub und einem Stück Apfelsinenschale festgehalten. Ein zartgliedriger Wasserläufer flitzt noch ruck- und zickzackartig an der Wasseroberfläche, als gleite er über eine gespannte durchsichtige Plastikfolie. Er ist so lebendig und putzmunter als wisse er von seiner Kurzlebigkeit und als ob er jetzt alles in der Lebhaftigkeit vorwegleben möchte, oder er bleibt abrupt stehen und ist manchmal schwer zu finden. - Ein Wunderwerk der Natur! Dass so ein kleines Lebewesen Fortpflanzungsbedürfnisse und auch noch Hirn und Herz hat! -, staunt er. Schaut man präzise hin, entdeckt man noch zwischen den flotttreibenden Strohhalmen ein paar rauh behaarte lange Beine eines Insektes. Sie scheinen von einer Spinne oder Bremse zu stammen. Ringsum liegt verstreut ein Gemisch aus Borkenbruchstücken, ein paar Tannenzapfen, getrocknetem Kleingeäst und Laub aus Weiden, Espen und restlichen Baumarten, das die heftigen Windstürme der letzten Herbsttage zu Fall gebracht hatten, und es fallen immer noch welche herunter. Einige Blätter sind zwischen den Dornen einer Distelstaude verfangen oder sie baumeln noch locker an fast kahlen Ästen, wartend auf den leisesten Windstoß. Am Wegrand erheben sich verwelkte dürre Gänsedistel, vergilbte Klee- und Klettenkrautstängel, die zum Teil geknickt sind. Lahm neigen sich auch die Grashalme des mit gelbbraunem Laub übersäten Rasens zu Boden. Ein Hauch des Moderns ist leicht vernehmbar, streichelt seine Nase hin und wieder. An einer der Brennnesselblätter klebt hartnäckig eine

Gartenschnecke. Vermutlich lebt sie nicht mehr. Die raschelnden Bäume verschiedenen Alters und Umfangs sind ständig am Verlieren ihres Laubwerks. Ein handflächengroßer Papierfetzen in glänzendem Marineblau, der womöglich aus einem großen Plakat stammt, klebt noch auf den Sitzbrettern. Darauf lässt sich eine Vorsilbe mit noch Zwei Buchstaben <Entde...> lesen; vielleicht war dies der Beginn des Satzes <Entdecken Sie die Welt> wie er häufig auf Plakaten von Reiseveranstaltern zu finden ist. Gelegentlich prasselt aus dem dickstämmigen Kastanienbaum auf der Bank neben ihm eine Kastanie herunter, befreit sich von ihrer igelhautartigen Schale und ihr knallartiger Aufprall erschreckt ihn. Sie fällt dann auf den Boden, rollt weiter und kommt schließlich in dem flachen Abgrund der Pfütze zur Ruhe. Ihr Sprung ins Wasser lässt sich erst als ein dumpfer Plumps vernehmen und ziert seine Oberfläche mit winzig kleinen Wellenkreisen, die sich dann ausbreiten. Von unten beginnen, da wo sie gelandet war, ein paar kleine Bläschen aufzusteigen, machen eine kleine Wanderung an der Wasseroberfläche und platzen. Auf dem Grund der Pfütze hat sich mehr oder weniger Trübes niedergeschlagen oder ist mit einer glitschigen Schicht aus grünlichem Moos bedeckt. Entlang einem morschen Zweig, der von Flechtenbefall arg gezeichnet ist und am Pfützenrand liegt, krabbelt ein kleiner dunkelbrauner Tausendfüßler und eine Ameise schleppt immer noch emsig ihre letzte Mahlzeit vor dem Wintereinbruch, ein Teilblatt, das vielleicht zehnmal so groß und so schwer wie sie ist und findet geschickt ihren Weg über ein halbtrockenes Farnwedelchen. Ein leises Zwitschergeflüster aus einer der üppigen Dickichte ihm gegenüber wird ihm vernehmbar. Dort auf der gegenüberliegenden Seite, etwa zweihundert Schritte entfernt, sitzt auf einem Bank den Kopf auf der Schulter geknickt ein Stadtstreicher, verwahrlost und noch die Bierflasche in der Hand.

Nun bekommt die Luft einen Schuss Lauigkeit und wird angenehmer und er fühlt sich noch mehr wohler. Der idyllische Ort erfüllt ganz und gar sein Gemüt mit Ruhe und die Seele mit noch mehr Freude und Glückseligkeit. Es ist herrlich da zu sitzen und die Stille zu genießen, jenseits des Alltagstrubels der großen Stadt und er empfindet ein selbst aus der Ferne kommendes Bimmeln eines Fahrrads als angenehm. Plötzlich landet mutig eine Amsel in der Nähe der Pfütze, schaut mit schrägem Kopf zu ihm, sich vergewissernd, ob sie sich überhaupt traut. Süß zwinkert sie ihm mit ihren gelbumrandeten Äuglein zu. `Na! Trau dich! Scheu dich nicht! Ich tue dir nichts´, sprechen seine Augen durch die Brillengläser zu ihr. Rührung und Mitleid steigen bei ihm plötzlich auf und machen sich bei ihm in tränenfeuchten Augen und flüsterndem Bitten bemerkbar, als er leise sagt `Trink doch! Niemand tut dir was zu Leide´. Für sie ist es ein inneres Rangeln zwischen Selbsterhaltungstrieb und Angstinstinkt. Schließlich kann sie ihre Ängste überwinden und den Durst siegen lassen. Sie nickt noch zwei oder drei Mal mit dem Kopf, so als picke sie vom Boden Getreidekörner oder als ränge sie immer noch mit einer schweren Entscheidung, traut sich schließlich, sich der entferntesten Stelle der Pfütze zu nähern, schöpft höchst wachsam etwas Wasser und schmatzt mit dem gelben Schnäbelchen kopfhoch als wolle sie etwas abschmecken, und löscht so damit ihren Durst. Kaum schaut er von ihr weg scheint sie den Wasserläufer geschnappt zu haben, denn er war für ihn diesmal überhaupt nicht mehr zu finden, und sie fliegt wieder davon. Eine andere Amsel mit einem Regenwurm im Schnabel verschwindet pfeilschnell und geradewegs im Dickicht einer Hecke hinter ihm und erschreckt dabei eine kleine Eidechse, die raschelnd durch ein Häufchen aus trockenem Laub und Geäst huscht und sich hinein verkriecht. Gelegentlich verirrt sich eine Fliege und belästigt ihn. Nun hockt sie oben auf der Rückenlehne der Bank, sich emsig die Flügel putzend. Alles Lebendige sorgt für Vorrat beziehungsweise eilt, sich wieder in Sicherheit zu bringen oder scheint vom Leben Abschied zu nehmen. Er hebt den Kopf empor und blinzelt verträumt für eine kurze Weile tief in den Himmel hinein; dann nimmt er jenseits der Baumkronen die schemenhafte Silhouette der Hochhäuser wahr; dann gleitet sein Blick über die Baumwipfel und stellt gerade fest, dass an einer der dickstämmigen Buchen hoch oben stolz eine Krähe thront, die gelegentlich krächzendhässlich kräht. Irgendwo trillert noch müde ein Spatz. Und ab und zu weht ihm der leichte Wind mit dem Laubrausch Gelächterfragmente oder Gesprächsfetzen von grell sich unterhaltenden Leuten zu und verleiht dabei der Wasseroberfläche der Pfütze zusätzlich neue Riffeln und fegt auch den Gehweg und macht ihn laubfrei. Hin und wieder schreit ein Kind oder bellt ein Hund. Durch die von Efeu überwucherten dicken Birken-, Eschen- und knorrigen Haselnussbaumstämme und durch kahles Geäst sieht er noch einen kleinen Rauhaardackel rasen und einen Jungen hinter ihm her rennen. Durch die Helligkeit der total abgeschirmten Vormittagssonne lassen sich der verhangene Himmel, ein Teil der Bäume und ab und zu vorbeiflirrende Schwärme von Lerchen und Zugvögeln auf der Wasseroberfläche der Pfütze wiederspiegeln und mit etwas Mühe lässt sich sogar die Krähe wiederfinden. Der größte Teil der Flora neigt zu verwelken, zu verwesen um den Boden wieder zu düngen, zu ernähren, damit der nächste Frühling wieder kräftig erwachen kann.

Er hebt jetzt die Mütze und juckt sich am Kopf beschaulich und nachdenklich zu sich flüsternd: `Auch so eine unscheinbare Pfütze ist ein Kunstwerk der Natur und hat ihre Ästhetik. Sie ist ein Biotop des Sterbens und Wieder-ersprießens, des Vergehens und Werdens und wie man so schön sagt `Schönheit liegt im Auge des Betrachters´. Und sie existiert wie wir nur einmal in Raum und Zeit. Man geht an ihr vorbei, ohne ihr die geringste Beachtung zu schenken.´

Nach und nach wandelt sich unausweichlich das samtige Grün in all seinen Nuancen bis ins Dunkelbraune; eine langsam verklingende Symphonie der Farben und der schönen Töne; und bald weicht also der triste Herbst dem frostigen Winter; er ist ein buckliger Greis, der leise auf raschelnden Latschen im Naturparadies sich hineinschleicht und verwandelt die Farbpracht der Gärten in grau. Er kommt und geht wie die Gezeiten der Sonne.

Er stemmte die Ellbogen seiner rechten Hand auf die Sessellehne, den Kopf auf dem Handteller ruhen und ließ für eine Weile seine Gedanken in ein literarisches Werk wandern, in das Gedicht, das er neulich niederschrieb:

Alles kommt, alles vergeht.

Alles von neuem entsteht.

Alles um ein Zentrum sich dreht,

Das sich auch fort bewegt.

Und aus Sterben und ewigem Vergehen

Ist das Werden ständig im Entstehen.

Alles, was herrlich sprießt, wird wieder
verblühen.

Die Kerze, die uns Licht schenkt, wird
auch bald verglühen.

Unser Leben ist wohl ein Witz,

Verglichen mit dem Alter eines Planeten.

Es kommt mir vor wie ein Blitz,

Der aus der Ewigkeit kommt und geht.

Vieles kam, vieles für immer ging.

Glücklich ist der, der sich verfing.

Nichts ist beständig

Und nichts ewig währt.

Alles ist vergänglich

Und hat nur sich als Wert.

Im Baum der Erkenntnis

Liegt uns ein Geheimnis:

„Hathor ist ihres Vaters Mutter,

Hathor ist ihres Sohnes Tochter"

Kaum aus der Bank aufgerichtet, ist das erste, was er tut, dass er sich zu der Pfütze noch mal niederbeugt, an ihren Rand sich in gebückter Haltung hinhocken lässt und tief in sie hineinschaut. Er stupst die Brille mit dem Zeigefinger, um besser sehen zu können, um mehr durch das jadegrünlich anmutende Wasser feststellen zu können, was in ihr noch verborgen liegt. Auf dem Boden der relativ tiefen Pfütze sieht er versunkenes durchtränktes Laub, einer Phantasielandschaft ähnliches Gebilde aus mit wolligem Moos ummantelten Kleingeäst, das zum Teil von der Trübe in der Tiefe verdeckt ist, einige verrottete Astbruchstücke, Kastanien, bemooste Gerölle, Kies und Sand. Und zwischen den kleinen Steinen entdeckt er eine Eichel samt ihrem Becher. Und auch eine Kinderspielmurmel, die farbig hindurch schimmert. Und mit etwas Glück lässt sich noch eine grünlich angelaufene Münze erraten; eine Fünf-Pfennigmünze, die aus dem sandigen Grund halb herausschaut.

Und bevor er den Weg zu seiner Wohnung entlangschlendern will, denkt er noch an die selige Sehnsucht von Johann Wolfgang von Goethe in seinem West Östlichen Divan, die besagt:

Und so lang du das nicht hast,
Dieses: Stirb und Werde!
Bist du nur ein trüber Gast
Auf der dunklen Erde.

Übrigens, er ist ein Eisenbahnangestellter, wohlgemerkt ein Gebildeter, so wie er selten unter den Angestellten anzutreffen ist, dem vor einer Woche ein langersehnter Wunsch in Erfüllung gegangen ist: nämlich, dass er Opa wurde, der er nun mit Leib und Seele ist, was ihm gewiss viel Freude schenkt und Zufriedenheit auf sein Antlitz malt und was er immer noch nicht fassen kann. `Schade, dass seine Frau dies nicht miterleben konnte´, denn sie war vor vier Jahren, unmittelbar nach dem Eintritt in seinen Ruhestand gestorben und seitdem lebt er allein. Er gedenkt ihrer, damals wie sie feingeputzt, friedlich die Augenlider zugeklappt hatte und mit einem zarten Lächeln auf den Lippen in ihrem Sarg lag und wie drum herum die Blumenkränze sie schmückten, als schliefe sie und träume von glücklichen Stunden ihres Lebens. Na, nein! Er hat keine Angst vor dem Tod. So der Tod wie die Geburt ist schön, mysteriös und fasziniert ihn. „in morte veritas" flüsterte er zu sich.

München, Feb. 2010

Rezession

`Alle strotzen glücklich vor Gesundheit, aber mir geht es miserabel! Ich erlebe zurzeit eine Geschäftsflaute´, sagte sich der Besitzer eines Bestattungsinstituts.

In die Lippen beißend und mit emporgezogenen Brauen dachte er kurz sehr besorgt nach. Er hielt die rechte Hand mit der halbgerauchten Zigarre zwischen den Fingern vorm Mund und dabei mit dem Daumen die Unterlippe berührend redete er auf sich ein: „Es darf nicht so weiter gehen!" Er hob den Kopf flehend gegen den Himmel: `Oh Gott! Erweise mir deine Barmherzigkeit´. Der Anzug war grau, die Figur stattlich und das Gesicht länglich, aber auffallend fahl.

Eine leichte Böe wehte über den Friedhof und bewegte die Wipfel der Nadelbäume. Das Laub rauschte und ein Krähenschwarm krächzte. Es hörte sich wie das Geheule einer trauernden Schar von Klageweibern an. Sonst war an diesem Herbsttag nichts zu vernehmen. Eine friedliche Stille herrschte und ein zimtsüßlicher Cocktail-duft aus modrigem Laub, Efeu, gebranntem Wachs und vielleicht noch Kampfer lag in der Luft.

Er verriegelte das Tor seines Geschäftes, fröstelte ein bisschen in seinem dunklen langen Mantel, ihn zuknöpfend. Dann klappte er den Kragen hoch, ging schleunigst die Kastanienallee herunter und blieb vor einer Gaststätte stehen, um einen Freund zu grüßen, der gerade aus dem Lokal Hände reibend heraustrat und ihm eine erstklassige Gänseleberpastete, auf französische Art zubereitet, für heute empfahl, und auf die Tür zum Eintreten hinwies.

„Ich denke nicht daran", sagte er schmunzelnd ablehnend.

Daraufhin ermunterte ihn der Wirt lächelnd: „Sie haben sicherlich einen großen Hunger!"

„Und wenn schon", erwiderte er.

„Mein lieber Freund, treten Sie ein und zögern Sie nicht lange, denn wenn Sie nicht essen, werden wir beide sterben, Sie vor Hunger und ich vor Armut", flehte ihn der Wirt an.

„Lieber warte ich. Wie Sie ja wissen: Leichenbestatter halten Einiges aus. Ihr Gewerbe ist todsicher", sagte er zuversichtlich und bekräftige seine Behauptung mit: „Hebammen und Beerdigungsinstitute machen nie Konkurs, dafür sorgt der liebe Gott, unser Schirmherr. Die einen liefern seine frischgebackenen Produkte und die anderen entsorgen die Ware mit dem Verfallsdatum und die Beiden sind die zuverlässigen Gläubiger seines Megakonzerns."

„Aber ich bitte dich; ich gehe elend zu Grunde. Ich sterbe", sagte der Wirt selbstironisch.

„Tue es" sagte der Bestatter zynisch und winkte grinsend beim Weggehen.

Der Wirt verschwand lachend wieder in seinem Lokal. Und siehe da, man fand ihn später doch tot auf dem Sofa in seinem Büro liegen. Man sagte dem Besitzer des Bestattungsinstituts: `Er starb nicht an Armut, wohl aber vor Lachen`.

Da flüsterte er in sich hinein: „Es tröstet mich, dass ich ihm kurz davor Freude schenkte." Dann dachte er kurz nach und kam auf den Gedanken: „`Nicht durch Zorn, sondern durch Lachen tötet man´, schrieb Nietzsche in seinem Buch - Also sprach Zarathustra -. Mein Freund beging also Selbstmord. Und jetzt ist es Zeit, die Gänseleberpastete zu probieren."

– Des einen *Freud* ist des anderen *Leid* –

Seien wir mal ehrlich. Wir alle hoffen, dass bei Bestattungsinstituten eine ewige Rezession herrsche und ihre Geschäftswünsche für immer unerfüllt bleiben würden.

München, Dez. 2008

Absurd

Schmale Hände mit glänzenden, pink lackierten, langen Fingernägeln umkrallen eine Damenhandtasche aus echtem Krokodilleder, die auf dem Schoß einer vornehm gekleideten, feinen Dame liegt. In ihrem Dekolleté hängt der mit Diamanten besetzte Gepard aus Gold. Man würde meinen, dass Glanz und Gloria der Zivilisation nicht ganz ohne einen Hauch von Wildheit und Exotik auskommen. Etwas Animalisches verleiht Ästhetik, gibt den Leitfaden für die wahre Seele und lässt von ihrer Substanz etwas erraten, was man gern maskiert hätte sein lassen, denn feine Wesen tragen stets etwas Wildes mit sich und in sich. Denn der moderne Mensch verbirgt sein Wesen oft hinter einer Fassade. Erst in einer Maskerade zeigt er sein wahres Gesicht. Masken verraten, was Menschen verbergen.

"Wie oft habe ich dich am Telefon gebeten, nicht laut zu reden, jedenfalls nicht so laut, dass `Susi ´ deine Stimme wieder erkennt, denn sie regt sich jedes mal vor Freude auf und will, dass du zu ihr kommst und da du jetzt allein weit weg von uns wohnst und ihr die Freude nicht machen kannst, verkriecht sie sich wimmernd in ihre Ecke und weigert sich ihre Mahlzeit zu nehmen. Du weißt doch, dass sie besonders in den letzten

Wochen sehr sensibel geworden ist. Man hat mir die Adresse einer hervorragenden Hundepsychologin gegeben", sagte sie zu ihrer neunzehnjährigen Tochter, die ihre Eiscreme genussvoll löffelte. Ein Strom von geschmolzenem Eis, den sie mit der Zungenspitze sofort aufleckte, drohte aus ihrem Mundwinkel herauszufließen und die mit mehreren Flecken versehene, zerrissene Jeans-Hose zu verklecksen. Flecken und Risse an Jeans-Hosen sind heutzutage begehrte modische Accessoires. Derartiger kurioser Modelook ist die Konsequenz postmoderner Saturiertheit einer High Society, die sich vor lauter Sicherheit und Wohlstand nach Abenteuer und Not sehnt, und ist schließlich ein Beleg für derartige Sehnsüchte. Mit ihrem verzerrten Mund pustete sie in das Haar, das ihr über die Stirn hing, was ihr noch mehr Jugendlichkeit und Charme verlieh.

"Ist das wahr, Susi?" nickte sie mit dem Kopf ihrem kleinen Hund zu und zupfte seinen kleinen schilfgrünen Pullover zurecht. Der Yorkshire Terrier hob den Kopf, wollte die Frage verstehen, das gelang ihm aber nicht und so legte er den Kopf schräg und versuchte mit der kleinen Herrin, die selbst den Kopf lächelnd schräg hielt, damit im Einklang zu sein. Dann legte der Hund sich mit dem Bauch auf den Boden, wedelte erfreut mit dem Schwänzchen und gab ein kurioses Bellen von sich, das sich wie das Gehuste eines bronchialkranken alten Mannes anhörte. Zur Besänftigung bekam das Tierchen seine Portion Streicheleinheiten. "Na! Du bist nicht böse auf mich, oder? Dass ich zu euch nicht so oft komme, dafür kann ich nicht, Liebchen." Susi spitzte die Ohren, wedelte wieder mit ihrem Schwänzchen, sah ihre kleine Herrin noch mal mit schrägem Kopf an und leckte ihr die Hand. Diese brach ein Stück von den Waffeln, die wie die kleinen Schirmchen in den luxuriösen Eisbecher gesteckt waren.

"Verdirb ihren Charakter nicht, mein Kind!" rief die Dame, "außerdem, so etwas bekommt ihr auch nicht."

Im Hintergrund hörte man die vollkehlige warme Stimme von Louis Armstrong, vermischt mit dem Gurgeln und Fauchen der Espressomaschine, das Rasseln von Besteck und das Klirren von kristallklaren karfunkelroten Weinkaraffen und Porzellangeschirr oder Flaschen, die von der blonden Kellnerin in ihre Kästen zurück gebracht wurden.

Eine andere Frau in mittlerem Alter, von schwerem Beruf - ihrer kräftigen Statur und schwieligen Händen nach zu urteilen - mit doll geschminktem teigigem Gesicht und runder Klauennase, mit einer Zigarette zwischen den Fingern und einer Karaffe mit Weißwein in derselben Hand vor sich, saß in nächster Nähe von mir. Die dolle Schminke und das übertrieben gepuderte Gesicht verliehen ihr etwas Unnatürliches, etwas, was man als operettenhaft bezeichnen würde. Sie hatte einen rostfarbenen Pullover mit rundem Ausschnitt an und um ihren Hals eine Kette aus synthetischen Perlen und Ohrringen mit jeweils einer birnenförmigen Perle daran, die bei jeder Bewegung baumelte. Mir war, als ob ich sie schon einmal irgendwo gesehen hätte. Ach ja, sie erinnerte mich an eine ehemalige Nachbarin von mir, wenn sie nicht so aschblond wäre. Hinter ihr saß noch eine junge Mutter, die gerade ihr Baby vom Kinderwagen nahm, an der Brust hielt und es mit der Milchflasche zu stillen begann. In ihrer greifbaren Nähe saß eine alte zierlich gebaute Frau, deren kleine runde Augen matt und verträumt über die von weißen Haaren um-flammten Häupter zweier sich unterhaltender Rentner blickte. Ihr Blick war fixiert auf eines der Gebäudefenster auf der gegenüber liegenden Straßenseite. Als ich das Buch, das ich zum Lesen dabei hatte, öffnete und den Daumen mit der Zunge benetzte, um die Stelle ausfindig zu machen, wo ich letztes Mal zu lesen aufgehört hatte, wendete die Aschgrauhaarige sich plötzlich an mich und sagte unvermittelt:

"Wissen Sie, junger Mann! Es gibt hier bei uns Männer, die sich in ihrer Freizeit ihrem Auto widmen und es mehr pflegen als ihre Ehefrauen, und Frauen, die mehr mit ihren Hunden reden als mit ihren Ehemännern. Und sie verstehen sich auch gut, letztlich bleibt ja so ein Hund der treueste Gefährte. Ein Chinese würde diesen Hund anders betrachten als diese feine Dame, die da sitzt. Sie ist übrigens die Lebensgefährtin von Herrn Englein. Ihm gehört der größte Schlachthof der hiesigen Stadt. Ich wollte damit sagen, dass ein Chinese sich ihn gerne gegrillt vorstellen würde. Vor kurzem kam so ein Bericht über China im Fernsehen. Der Anblick des Grillens eines Hundes am lebendigen Leibe zerbrach mir das Herz. Ein gruseliger Anblick! Nicht wahr?"

"Ach, was Sie nicht sagen! Ja, ja schon, sehr gruselig sogar", wunderte ich mich, den Kopf nickend und mit nach unten gezogenen Mundwinkeln.

"Woher kommen Sie, wenn ich fragen darf?" fragte sie mit gekünsteltem Charme. Ich lehnte mich in meinem Stuhl zurück und sagte ganz bekümmert:

"Ich komme aus dem Iran." Plötzlich fielen meine Augen zufällig auf ihre Wasserbeine und sie versuchte sofort, sie mit ihrem Rock zuzudecken, was ihr natürlich wegen des engen Rockes nicht gelang. Dann sagte sie:

"Essen die Leute bei euch auch Hunde?"

"Nein durchaus nicht, weder Hunde noch Schweine", antwortete ich ihr wortkarg.

"Was essen sie denn dann?"

"Ach! Wissen Sie, bei uns essen die Menschen dasselbe wie hier in Deutschland, bis auf das Schweinefleisch."

"Essen Sie auch kein Schweinefleisch?"

"Nein, ich esse seit zwei Jahren überhaupt kein Fleisch und Schweinefleisch schon gar nicht. Für mich sind alle Tiere niedlich und verdienen eigentlich nicht von uns gegessen zu werden."

Sie hielt kurz inne, dachte einen Augenblick verschämt nach und war von dem Anblick zweier niedlich gekleideter kleiner Kinder draußen sehr gerührt, die hinter einem hüpfenden Luftballon, der ihnen aus heiterem Himmel zugeflogen war, rannten um nach ihm zu greifen. Knallend platzte plötzlich der Luftballon und die beiden blieben für eine kurze Weile in ihrer erschrockenen Haltung wie erstarrt. Hin und wieder ging ein verwahrloster Stadtstreicher vorbei, watschelnd mit all seinen schäbigen Habseligkeiten in Plastiktüten, unter deren Last er zusammenzubrechen schien oder ein Straßenmusikant, ein Zigeuner mit einer Gitarre in der Hand. Und unmittelbar danach kamen warm gekleidete Schulkinder mit Ranzen auf dem

Rücken und schauten durch die Glasscheibe mit pausbäckigen Gesichtern mit platt gedrückten Nasen in den Laden hinein. Ein Puppengesicht schielte meine Nachbarin an. Und sie lächelte herzlich, rieb sich mit der Hand zweimal die Stirn und sagte:

„Kinder sind etwas Schönes in dieser Welt. Wissen Sie, was heute im Radio berichtet wurde?"

"Nein, was" ?

"Der Krieg in Jugoslawien eskaliert! Mir tun die kleinen Kinder und auch die Alten, die lebenslang für ihr Häuschen geschuftet haben, Leid. Es bricht mir das Herz, wenn ich die Kriegsverletzten im Fernsehen sehe." Sie zog den Kragen ihrer Jacke, der inzwischen mehr in den Rücken gerutscht war, wieder zum Nacken hoch. Ich stellte fest, dass sie mich gar nicht ansah, sondern sich selbst im schmalen Spiegel hinter mir betrachtete. Offensichtlich sprach sie mit sich selbst, sie kämmte sich und sagte, diesmal etwas heftiger: "Wissen Sie, das ist ja unmenschlich, was in Bosnien passiert!" Plötzlich zog sie ein Rouge-Töpfchen mit Spiegelchen und einen Lippenstift aus ihrer Handtasche, strich damit über die Lippen und sah ihre Augen in dem Spiegelchen. Dann fletschte sie die Zähne, um auch diese einer eingehenden Prüfung zu unterziehen, schaute sich von der Seite an und sagte, ganz zufrieden mit ihrer Aufmachung: "Viele meiner Bekannten sind entsetzt. Man könnte fast meinen, sie hätten Angst", ergänzte sie und schaute mich mit einem forschenden Blick an.

"Warum sollten sie Angst haben?" wollte ich wissen.

"Sie haben leicht reden. Dieser Krieg ist vor unserer Haustür...." Sie redete noch eine Weile weiter, ohne dass ich ihr zuhörte, denn es war mir in diesem Moment nicht nach einer politischen Debatte zumute. Ich hätte gern in meinem Buch weiter gelesen.

Draußen auf der breiten Pappelbaumallee, die von Laub übersät war, floss beidseitig der Autoverkehr zügig, und dann und wann hupte ein Fahrzeug. Sein Gedröhn, gefolgt von einem kleinen kalten Luftzug, drang ins Cafe ein, als ein neuer Gast die Glastür öffnete. Ein Herr, Mitte fünfzig, mit stattlicher Figur und feinem tiefblauem Anzug trat erhobenen Hauptes ein. Bevor er Platz nahm, stand er für eine kurze Weile da, mit gespreizten Beinen, mit hochgezogenen Schultern und vorgestrecktem Bauch, Ausstattung und Gäste des Cafes inspizierend, holte vom Tresen eine Illustrierte, setzte sich mit dem Rücken zu mir und begann zu blättern.

Draußen fielen die Blätter von den Pappel-
bäumen. Der Himmel war mattgrau. Es war ein
Spätherbstnachmittag. Die Sonne hatte sich bis
jetzt noch nicht gezeigt und ihr Stand am
Himmel war kaum zu erraten.

Ein Junge im Alter von vierzehn Jahren kam
plötzlich hechelnd und ängstlich gerannt,
verfolgt von einem seiner Schulkameraden, der
einen khakifarbenen Anorak trug, und suchte bei
einem dritten Schutz. Als der Verfolger ihn
erreichte, hielt sich der Verfolgte hinter seinem
dritten Schulkameraden rechts links auswei-
chend. Schließlich gelang es dem Verfolger ihn
aus seiner Deckung herauszuzerren. Die beiden
gingen heftig aufeinander los, schlugen und
kratzten sich die Gesichter; sie rangen, balgten
und wälzten sich auf dem Boden. Seltsamerweise
traute sich keiner der Passanten sie zu trennen.
Der Dritte versuchte sie auseinander zu halten.
Sie standen mit gerauften Haaren wieder auf und
wollten erneut aufeinander losgehen. Einer
kleinen molligen Ordnungshüterin vom städtischen Ordnungsamt, die für Autoparkplätze
zuständig war, fielen die Zänkerei und das
Gezerre auf, sie kam auf sie zu und schrie den
Jungen mit dem khakifarbenen Anorak an:

„He, was willst du von ihm? Lass es sein."

Er ignorierte sie und suchte weiter Streit mit
dem andern. Dann stellte sie sich zwischen die

Beiden und wollte ihm mit beiden Händen einen Schubs geben:

„Und nun geh junger Mann und lass ihn in Ruh."

Unwillig und zögernd zeigte er ihr den Rücken und ging. Sie wendete sich an die anderen zwei Jungs, forderte sie auf, keine Unruhe mehr zu stiften und ging weiter ihre Strafzettel zu verteilen. Die beiden blieben aber für eine Weile da stehen um die Kratzspuren zu inspizieren und zu zählen.

Plötzlich erschien der Dritte mit dem khakifarbenen Anorak noch mal. Er schien diesmal etwas Böses im Schilde zu führen. Er hielt etwas Spitzes in der Hand, etwas metallisch Glänzendes. Die Szene spielte sich wieder direkt vor den Glasscheiben des Cafes ab und nahm die Blicke einiger Cafegäste und zweier Passanten in ihren Bann. Und siehe da, er stach drei Mal auf ihn ein, traf ihn an der Schulter und an der Taille und machte sich schnell aus dem Staub... Schließlich geschah, was man mutmaßen würde: Der Gestochene torkelte, machte ein paar Schritte, hielt sich an dem Stamm einer der Pappelbäume fest. Ihm schien übel zu sein. Er hockte den Kopf nach unten gesenkt, von Brechreiz ergriffen. Ein Zittern durchlief seinen Körper. Dann fiel sich in Krämpfen windend sein Oberkörper auf den Boden. Blut floss aus den Wunden.

Alle Gäste im Cafe sahen die Szene und hielten mit offenem Munde den Atem an. Sie standen auf oder gingen hinaus. Die feine Dame hielt mit jenen Gebärden der Sprachlosigkeit und des Erschreckens die Hand vor dem Mund und ihre Tochter warf erstaunt und unbewusst die Hand über die Stirn. Auch ihr Yorkshire Terrier stand mit dem Schwänzchen wedelnd auf und bellte so seltsam. Im selben Moment grub die aschgraue Frau das Gesicht in ihre Hände und schrie: „Großer Gott!", was sich wie ein Schluckauf anhörte, und fiel in Ohnmacht. Nach und nach hielten neue Passanten am Ort des Geschehens an und schauten mit betroffener Miene auf den ausgestreckten Körper des Jungen. Ganz von dem tragischen Vorfall angetan schubste der Herr mit der Illustrierten beim Aufstehen einen Stuhl beiseite und der Stuhl kratzte auf den Boden krachend und fiel seitwärts. Er eilte zu dem Jungen, der draußen verblutend am Boden lag, kniete bei ihm nieder, hob mit dem linken Arm seinen Kopf, blickte sich Rat suchend um und rief: "Ruft bitte sofort einen Arzt!"

Da erschien einer aus der versammelten Menge und sagte: "Lasst mich durch! Ich bin Arzt."

Der angebliche Arzt lockerte seine Krawatte und machte sich an den Jungen, prüfte seinen Puls und ließ seinen Kopf auf seiner Handfläche ruhen. „Er lebt. Gott sei dank", sagte er. Mittlerweile kam ein Polizeiwagen und dann jedoch, ganz plötzlich, wurde ein Ambulanzwagen von den Passanten angehalten, womit man nicht so schnell gerechnet hatte, von dem zwei Krankenpfleger mit weißen Spitalskitteln und mit einer Bahre in den Händen heraussprangen. Der Arzt erhob sich von der Hocke, seine Krawatte war verschoben und seine Haare etwas zersaust. Die Krankenpfleger trugen dann den Jungen in den Wagen hinein und leisteten für ihn erste Hilfe und die Polizisten skizzierten ihr Protokoll penibel, befragten als erstes den dritten Schuljungen, der seinerseits ihnen das, so wie es sich zugetragen hatte, voller Aufregung schilderte. Dann fuhren die Krankenpfleger mit dem Einverständnis der Polizisten den verletzten Jungen in die nächstgelegene Klinik und die versammelte Schar löste sich schnell wieder auf. Einer der Polizisten widmete sich anschließend der aschgrauen Frau, stand da, verzog den Mund, knabberte etwas an seine Unterlippe und sagte: „Und was ist mit dieser Frau los?"

Der angebliche Arzt, der sich gerade um sie kümmerte, drehte seinen Kopf zum Polizeibeamten und sagt:

„Sie fiel in Ohnmacht als sie das Blut des Jungen sah."

„Bringen Sie ihr ein Glas Wasser!" forderte er die Kellnerin auf und sie ging raschen Schrittes Wasser zu holen. Und kurz danach erschien sie mit einem Glas Wasser. Die Frau mit den aschgrauen Haaren lag noch angelehnt in ihrem Stuhl, mit dem Kopf zur Seite geknickt, von den Stuhllehnen gestützt, über die ihre Hände salopp hingen. Der Arzt hob ihr den Kopf, um ihr Wasser zu trinken zu geben und tupfte mit einem nassen Tuch ihr Gesicht. Die Frau kam langsam zu sich. Sie hörte seltsame Stimmen und glaubte jemanden: „Gnädige Frau wachen Sie auf" gehört zu haben. Dann sah sie noch verschwommen das volle Gesicht des Arztes, wie er seine Auffor-derung wiederholte: „Aufwachen! Gnädige Frau, Aufwachen" und sie wollte ihn „Wer sind Sie?" fragen, aber sie konnte es nicht über die Lippen bringen. Ihr war, als wären alle Gesichtsmuskeln gelähmt gewesen. Der Arzt kniff seine Lippen zusammen, zog die Augenbrauen hoch und fragte:

"Wie fühlen Sie sich jetzt?"

Sie sagte:

"Mir geht es gut; mir fehlt nichts. Wer sind Sie?"

Schaute nach draußen und fragte: „Wie geht's dem Jungen?"

Der große schlanke Polizist hielt ein Blatt in der Hand und wollte wissen, ob sie für den Vorfall auch etwas beitragen kann: "Ihm geht's gut. Er ist jetzt in bester medizinischer Fürsorge. Wie heißen Sie?" fragte er sie mit hüpfendem Kehlkopf.

"Ich!" wollte sie von ihm wissen und er nickte ihr zustimmend „Ja, Sie.“

„Ich heiße Nelly Weynberger."

"Wo und wann sind Sie geboren?"

"04.04.1947 in Dresden."

"Und wo arbeiten Sie?"

"Ich arbeite bei Krauss Maffei, in der Montagehalle für den Kampfpanzer Leopard II."

Ein Hauch Sarkasmus glomm tief in den Augen des angeblichen Arztes und er wollte noch mal von ihr hören um sich zu vergewissern:

„Sie arbeiten in der Montagehalle für den Kampfpanzer Leopard!“

„Ja“ entgegnete sie ihm verlegen.

Er hob den Kopf zum Himmel in sich leise flüsternd:

„Vater, vergib ihnen, denn sie wissen nicht was sie tun!“

München, Dez. 200

Posse aus dem Tierreich

Einstmals spielten die Kriechwürmer mit den Fluginsekten Fußball. Hunderte von Zuschauern waren im Stadion anwesend.

Nachdem der Schiedsrichter das Spiel um fünf Minuten verlängert hatte, erzielten die Fluginsekten in der letzten Minute kurz vor dem Auspfiff ein Tor gegen die Würmer und danach war das Spiel aus und der Schiedsrichter rief: „Eins zu Null für die Fluginsekten."

Die Insekten amüsierten sich prächtig. Sie hopsten und hüpften freudig, öffneten Sektflaschen, tranken und sangen mit ihren Wimpeln und Vereinswappen schwenkend.

„Das geht nicht. Wir fordern Patt der Situation. Wir haben zu zehnt gespielt. Der Tausendfüßler, unser Libero und Ballakrobat hat gefehlt", protestierten energisch die Würmer den Schiedsrichter umkreisend.

Der Schiedsrichter schob sie beiseite, schmunzelte bedauernd und schüttelte den Kopf verneinend. „Und jetzt, lasst mich durch, bitte" kämpfte er sich durch die tobende Menge.

„Und wir mussten barfuss und ohne Fußballschuhe spielen", entgegneten die Insekten nicht minder sich beklagend.

„Ihr seid selbst schuld. Warum habt ihr euch nicht welche gekauft", wies ihnen die Raupe, Trainerin der Würmermannschaft die Schuld zu.

„Sie sind vielleicht gut. Das wollten wir auch", begegnete ihr die Heuschrecke.

„Aber!"

„Aber euer Tausendfüßler hat die Schuhgeschäfte der Stadt leer geräumt. Es hieß immer, die sind schon vergriffen."

Siehe da, mitten im Tumult und im Überschwang der Gefühle erschien der Tausendfüßler, Libero und Ballakrobat der Würmer, radelnd auf seinem tausendpedaligen Tandem und auf dem Fahrradweg hinter ihm her schien sich ein Stau aus mehreren Fahrrädern gebildet zu haben.

"Wo hast du denn gesteckt die ganze Zeit?" fragte ihn verärgert Mannschaftskapitän Blutegel.

"Ich war am Binden meiner Schuhe", sagte er seelenruhig und als der Schiedsrichter dies mitbekam, verfiel er in Lachen, mit sich flüsternd:

„Köstlich ist er - Abkömmling der hinduistischen Göttin `Lakshmi´ -.“

<Einst wurde der Tausendfüssler gefragt, wie er es schafft, seine tausend Füße so harmonisch beim Laufen zu koordinieren. Der Tausendfüssler blieb stehen, dachte etwas nach und siehe da, er konnte nicht mehr weiter gehen.>

München, Sept. 2009